Claudia Satory-Jansen

Inter Stellas - Die Reise nach Deponien

Claudia Satory-Jansen

Inter Stellas

Die Reise nach Deponien

Rosamontis
Verlag

Besuchen Sie uns im Internet:

http://www.rosamontis.de

ISBN 978-3-940212-80-1

© 2014 Rosamontis Verlag, G. Heugel, Ludwigshafen
Alle Rechte liegen beim Autor.

Gesamtherstellung: Rosamontis Verlag
Umschlagszeichnung: Sandra Rüttgers
Illustrationen: Rebekka Brodanac

Bibliografische Information der Deutschen Nationalbibliothek: Die
Deutsche Nationalbibliothek verzeichnet diese Publikation in der
Deutschen Nationalbibliografie; detaillierte bibliografische Daten
sind im Internet über http://dnb.ddb.de abrufbar.

Gewidmet allen Kindern des Universums

Inhalt

Müllis geschärfter Blick glitt über die scharfkantigen, stacheligen Zäune des Schrottplatzes und der Deponie hinweg. Ihren wachsamen, klaren und magischen Augen entging nichts mehr ... seit damals.
Damals vor einem Jahr ...

Das sollte sich keinesfalls, unter gar keinen Umständen, so oder in ähnlicher Form wiederholen ...

Einfach Freunde

Es war Sommer. Am Rande einer kleinen Stadt.

Hexe Mülliane, auch Mülli genannt, schoss mit Flitzpiepe in den Himmel, um der großen Mittagshitze zu entfliehen. Sie befand sich gerade auf einem ihrer hexischen Ich-will-die-Welt-Kennenlernen-Flüge, ihre Lieblingsbeschäftigung. Ihr Rüschenkleid raschelte im Wind und reflektierte die Sonne, als sie über die Wolken hinwegjagte. Wäre es nicht helllichter Tag gewesen, hätte sie jeder für eine tanzende Sternschnuppe gehalten.

„Puh, ist das heiß heute. Sogar hier oben kann ich auf Flitzpiepe Eier braten!", stöhnte sie und wischte das Schwitzwasser aus ihrem bizarren künstlichen Gesicht.

Seit Tagen brütete die Hitze über der Stadt. Mülli sehnte sich nach einer Abkühlung. Den endlosen Horizont vor Augen sauste sie immer höher in die Lüfte. Sie stand auf Flitzpiepe. Der linke Fuß vorne, der rechte hinten auf dem Besenstiel, fast in der Hocke mit der zackigen Nase im Wind. Denn: „Sitzen? Auf meinem Besen? Langweilig! Ich will die Welt sehen, da muss ich stehen!", erklärte sie bestimmt, wenn Müllis bester Freund Schrotte mit ihr über den besten Hexenritt diskutierte. Den gab es für Mülli nur auf Flitzpiepe, ihrem Turbobesen. Er mochte Müllis Hexengeschwindigkeit. Müllis kleine Hexenmädels, die kaum sichtbar, gut versteckt in Flitzpiepes

Floddernbusch wohnten und sie auf allen Wegen begleiteten, wurden nicht selten von Müllis Tempo überrascht. Die Hexenmädels, die genauso neugierig und wachsam wie ihre mutige Anführerin die neue Welt beobachteten, genossen die unvorhersehbaren täglichen Ereignisse.

Der Schrottplatz, die Deponie und die angrenzenden Häuser, inzwischen nicht größer als ein Fliegendreck, ließ Mülli weit unter sich zurück. Die Luft flimmerte heiß. Obwohl sie immer höher sauste, kühlte die Luft ihren Körper kaum. In der Ferne am Horizont erkannte sie mit scharfem Blick die leichte Biegung der Erdkrümmung, denn die Welt, auf der sie lebten, war rund. Dies hatte Tom ihr erklärt. Wie praktisch, sie brauchte immer nur geradeaus zu fliegen und irgendwann käme sie hier wieder an.

„Das ist doch logisch!", meinte Tom, der verdammt viel wusste.

Zu gerne würde sie auf dieser krummen Kante am Himmel spazieren gehen! Aber egal wie schnell oder lange sie ihr entgegenstürmte, sie kam ihr einfach nicht näher. Wie konnte das sein? Fragen über Fragen ... Mülli lernte viel von den Kindern dieser Welt in diesen Tagen. Hexe Mülliane kam zwar auch von diesem Planeten, aber sie lebte anders. Von Kopf bis Fuß unglaublich anders. Ganz besonders lebhaft und aktiv ihre blitzige Nase.

Mülli steuerte mutig immer noch höher in den blauen Himmel hinauf, bis sie auf eine unsichtbare Barriere stieß.

Hier ist es!

Mülli faszinierte die unsichtbare Schranke. Ihr Körper vibrierte, wenn sie versuchte dieses blaue Band zu überwinden. Ihr Flug bremste ab, obwohl sie und Flitzpiepe mächtig Gas gaben; die blaue Atmosphäre wurde bedrohlich schwärzer. Zitterte sie vor Angst oder Neugierde?

„Mülli, mach keinen Unsinn!", warnte Zissy, ein aufmerksames Hexenmädel, und zupfte an Müllis Blütenrock. Die Faszination des Ungewissen auf der anderen Seite dieser unsichtbaren Wand zog Mülli magisch an, bis an die äußerste Grenze.

Doch … im letzten Moment wagte sie nicht mit geballter Hexenkraft in den Weltraum überzusetzen, da Tom sie ausdrücklich vor der Gefahr der tückischen Schwerelosigkeit gewarnt hatte.

„Du darfst auf keinen Fall diese Schwelle übertreten! Du wirst sofort die Kontrolle über Flitzpiepe verlieren, kannst nicht mehr steuern und wirst abgetrieben in die Unendlichkeit des Kosmos."

An diese Worte dachte sie jedes Mal, wenn sie diesen Ort erreichte und zähneknirschend abdrehte. Fast hätte die Neugierde gesiegt. Abermals sagte ihre innere Stimme in letzter Sekunde, dass es sinnvoller wäre, Toms Rat zu befolgen. Wie gut, dass Zissy, ihres Zeichens eifrige Flodderbesen-Oberhexe, ebenfalls achtgab.

Endlich brauste ein frischer Wind durch Müllis Plastikkleid und ihre kordeligen Flodderhaare. Wenn sie sich bewegte, knisterte es leise.

Sie genoss diesen Moment, als die frische Brise über ihren künstlichen, aber kunstvollen Körper strich.

Ihren großen klaren Hexenaugen entging so schnell nichts.

Plötzlich erblickte sie etwas in der Ferne, das nichts Gutes versprach.

„Au Backe!" Mülli riss die Augen auf. Sie erspähte eine schwarze Front am Horizont, die wie eine Lawine auf sie zurollte. Riesige Wolkentürme tauchten vor ihr auf. Rasch kehrte sie um und raste im Sturzflug hinunter zum Schrottplatz zurück, um ihre Freunde zu warnen. Sie streckte ihre imposante Nase gekonnt in den Wind, teilte ihn und legte ihren verschärften Turbogang ein.

Bsssssst! Sie bremste haarscharf neben Onkel Olaf, dem Schrottplatzbesitzer.

„Olaf, da braut sich was zusammen wie in einem Hexenkessel! Gleich knallt es ordentlich!" Mülli schnaufte, ganz aus der Puste.

„Wird auch Zeit. Die Hitze ist unerträglich", erwiderte Olaf träge, warf einen prüfenden Blick zum Himmel und beäugte kritisch die bedrohlich dunkelvioletten Wolken.

Olaf kümmerte sich gerne um „seine Kinder", wie er immer sagte.

Tom steckte seinen Kopf aus dem geräumigen Kessel heraus, in dem er gerade arbeitete.

„Oh, Olaf, paradiesisches Material, lässt sich total gut verarbeiten, einfach super!"

Und schon verschwand sein Haarschopf wieder im Inneren des Kessels. Schnell ergriff er dabei den Schraubenzieher, den Olli ihm entgegenhielt.

Den ganzen Nachmittag bastelten, schraubten und tüftelten die Kinder bereits, denn Onkel Olaf hatte eine große Ladung

Schrott mit allerlei interessanten Materialien, die Kindererfinderherzen höherspringen ließen, gebunkert. Ein wahres Eldorado für Tüftler wie Tom, Olli und Fyllie. Seine Kinder erfanden und bauten ein noch nie da gewesenes Flugobjekt, dachte Olaf jedes Mal stolz, wenn er ihnen bei der Arbeit über die Schulter blickte. Tom plante, Olli assistierte, Fyllie wuselte in feinteiligen Drahtelementen und Christian beobachtete das Ganze, neben Fyllie auf dem Boden sitzend. Drei Dinge verbanden sie: Sie waren die Schrottplatzclique, hielten zusammen wie Pech und Schwefel und verbrachten gemeinsam jede freie Minute auf Olafs Schrottplatz, ihr zweites Zuhause.

Seitdem Mülli allein unterwegs war, versuchte Fyllie die ganze Zeit, ihre Konzentration auf die Drahtkonstruktion zu richten. Ihre Gedanken kreisten aber ständig um Mülli.

„Hätte ich sie doch bloß nicht allein fliegen lassen. Hoffentlich ..."

Fyllies Gedanken wurden durch Olafs Bemerkung unterbrochen: „Ich glaube, Kinder, für heute müssen wir Schluss machen. Da kommt gleich ordentlich was runter!" Er ließ die schwarze Wolkenwand, die nun bedrohlich über ihnen hing, nicht aus den Augen. „Kommt! Avanti galoppi!"

Eilig schwirrte Mülli auf Flitzpiepe knapp über ihren Köpfen hin und her. Sie kannte diese massiven Gewitterstürme. „Macht mal Dampf! Das blitzige Getöse ist jeden Moment hier!"

„Gott sei Dank. Du warst ganz schön lange weg. Und hast du es gemacht?", flüsterte Fyllie in Müllis Plastikohr. Sie platzte fast vor Neugier.

Sie erforschten regelmäßig gemeinsam den herrlichen Himmel. Aber diesmal wollte Mülli die magische Grenze, die sie anzog wie ein Magnet, allein erkunden.

„Fyllie, es ist zu gefährlich für dich! Menschen dürfen auf keinen Fall diese Linie überqueren."

Fyllie musste einsehen, dass Mülli recht hatte.

Sie warf Mülli einen fragenden Blick zu. Mülli antwortete ihr mit einem schelmischen Lächeln. Fyllie musste unweigerlich zurückgrinsen. Sie verstanden sich auch ohne Worte.

Christian wühlte im Styropor und der Holzwolle und träumte vor sich hin. Olli, der Meister des richtigen Werkzeuges, begriff sofort und packte ratzfatz das gute Werkzeug in den großen Blechkasten, nachdem er die ersten Tropfen im Nacken spürte.

Plötzlich ging es nicht schnell genug. Fyllie sprang auf und warf flott eine Plane über ihr Werk. Tom krabbelte flink auf allen Vieren aus dem Kessel.

„Schade, klappte gerade so gut!", meckerte er vor sich hin. Olli half ihm, den Deckel auf die große Eingangsöffnung zu schrauben, damit es nicht hineinregnete.

Mülli griff Christian am Kragen und sauste mit ihm auf Flitzpiepe zu Olafs Kabuff. Klatschnass stürmten die Kinder hinter ihr her, um dem Schlimmsten zu entkommen.

Innerhalb kürzester Zeit stürzte ein kräftiger Regenguss auf den Schrottplatz und verwandelte ihn in einen See. Ein Gewitter, heftig und schaurig wie es schon lange keines mehr gegeben hatte, entlud sich direkt über dem löchrigen Wellblechdach.

In der wackeligen Hütte wartete Olaf bereits mit Keksen und Limonade auf sie.

„Wie schade", maulte Fyllie triefend nass.

„Herrlich gewittrig diese Luft! Ich liebe es!" Mülli genoss die Farben des Himmels, wenn der Blitz ihn durchzuckte. Sie liebte das Grollen des Donners, wenn es heranrollte und in ihr Ohr dröhnte.

Die Temperaturen fielen schlagartig und der kalte Wind zog durch die Ritzen in Olafs baufälliges Kabuff.

„Brrrr! Ist mir kalt!" Christian klapperte mit den Zähnen.

Die Kinder hängten ihre feuchten Kleider zum Trocknen über den Ofen, der bereits brannte und wickelten sich in Handtücher.

Bei der ganzen Aufregung fiel Mülli erst jetzt auf, dass ihr bester Freund fehlte! Wo war Schrotte?

Ein schepperndes Geräusch näherte sich. Mülli erkannte schemenhaft durch das kleine, fast blinde Fenster eine Gestalt.

Plötzlich wurde die Tür aufgerissen und Graf Schrottus von und aus Deponien, genannt „Schrotte", stürzte ebenfalls völlig durchnässt in die überfüllte Hütte.

„Wo kommst du denn auf einmal her, Schrotte?" Mülliane erschrak.

Schrotte, der Blechdosenmann und Müllis bester Freund. Keine gewöhnliche Dose! Feinste Edelstahlplatten, die Olaf für Tom und Olli aufgetrieben hatte, waren unter ihren Tüftlerhänden zu dem geworden, was Graf Schrottus heute darstellte. Ein stählerner, aber besonnener Ritter der Neuzeit! Dies bedeutete, nicht Drachen bekämpfen und Prinzessinnen retten.

Das war Schnee von gestern! Sondern seiner besten Freundin Hexe Mülli mit Rat und Tat auf dieser Welt zur Seite stehen. Ihr Temperament ging manchmal mit ihr durch, aber Schrotte verstand es, ihr Gemüt zu kühlen.

Mülli, schlau und mutig, schätzte ihren treuen und klugen Freund. Prinzessinnen fand sie todlangweilig. „Hübsch und lieb sein und auf einen Ritter warten, der mich retten soll. Bin ich froh, dass ich nicht im Mittelalter auf diese Welt geraten bin. Ich glaube, da wäre ich ganz schön angeeckt", dachte sie und lächelte ihr schelmisches Hexenlächeln. Mülli genoss ihre Unabhängigkeit und Schrottes Rat.

Schrotte war „blauen Bleches" und somit adelig, wie er ausdrücklich betonte. Wasser in seinen Scharnieren konnte verheerende Folgen haben!

„So ein Mist, jetzt bin ich nass bis auf die letzte Schraube!", schimpfte Schrotte aufgewühlt.

Hexe Mülli sprang wie von der Tarantel gestochen auf Schrotte zu. Ihre Nase leuchtete blitzig lila und kleine Funken schossen hervor.

„Oh, Schrottus, das ist gar nicht gut! Olaf, hast du ein paar alte Tücher für uns? Wir müssen Schrotte trockenlegen bis in die letzte Ritze, sofort! Sonst rostet er! Schnell!", rief sie aufgeregt.

„Ich hab es nicht mehr rechtzeitig geschafft!", jammerte Schrotte zerknirscht.

Olaf kam mit einem Haufen Lumpen um die Ecke und jeder der Kinder schnappte sich einen und fiel über Schrotte her.

Der Dosenmann, unglaublich kitzelig, lachte laut auf, sobald jemand mit dem Tuch seine Metallhaut wienerte.

„Los, bis in die letzte Ritze!", feuerte Mülli ihre Freunde an.

Mülli, Fyllie, Tom, Christian und Olli tobten um Schrotte herum, bis kein einziges Tröpfchen mehr zu sehen war.

„Ich kann nicht mehr, hört auf! Stopp!"

Die Kinder lachten und schrien vor Begeisterung und ließen auf Müllis Zeichen nach einer Weile von ihm ab. Mülli kroch jeden Zentimeter musternd um Schrotte herum, entdeckte aber keine feuchte Stelle mehr. Wasser und Schrotte gehörten schließlich nicht zusammen, damit war nicht zu spaßen. Daher war sie besorgt um ihren Freund und sehr gründlich.

„Alle Achtung! Besser hätte das kein anderer hinbekommen", lachte Mülli erleichtert mit einem Blick auf Fyllie, Christian, Tom und Olli, die Schrottplatzclique.

„Du nimmst am besten gleich einen Schluck aus deiner Ölkanne, sonst fängst du noch an zu quietschen", meinte Tom eifrig, der sich ebenfalls um seinen Schrottus Gedanken machte.

Ihr müsst wissen, Schrotte war durch und durch aus Metall gebaut. Sein Körper bestand hauptsächlich aus blau schimmerndem Edelstahl! Tom und Olli verwendeten damals mangels anderer Möglichkeiten beim Zusammenbau seiner Scharniere Schrauben, Muttern und Verbindungsstücke aus Olafs großem Fundus, die bei Feuchtigkeit gnadenlos rosteten. Schrotte polierte und pflegte täglich seinen edlen Körper, damit der bläuliche Schimmer erhalten blieb. Die Gelenke bekamen immer ein Tröpfchen extra aus seiner Ölkanne. Quietschen fand er ganz schrecklich, denn er gehörte ja schließlich nicht zum alten

Eisen, sondern war jung und rüstig und nicht rostig. Darauf legte Schrotte großen Wert! Er verbarg sein kleines Kännchen Öl hinter einer winzigen Klappe in der rechten Bauchseite. Sein Ölvorrat schien unerschöpflich zu sein, die Kanne immer gefüllt bis zum Rand.

Schrotte holte sie rasch hervor und schüttete den gelben Saft auf ein Tuch. Er schmierte zuerst seine Gelenke bis in den letzten Spalt, denn Schrottrheuma in den Gelenken war das Schlimmste überhaupt, wusste Schrotte.

Währenddessen zog das Unwetter weiter. Das Grollen und Blitzen entfernte sich.

„Es hat aufgehört zu regnen, Kinder!", sagte Olaf, als er seine Nase aus dem Fenster streckte. „Jetzt aber schnell nach Hause."

Stürmisch verabschiedeten sich die Kinder von ihren beiden magischen Freunden, die nicht von dieser Welt zu sein schienen, um dann auf ihren Rädern zügig heim zu strampeln. Auch Olaf, die gute Seele des Schrottplatzes und aus dem Leben der sechs Freunde nicht wegzudenken, wurde verabschiedet und bekam von Fyllie sogar einen Kuss auf die Wange.

Die Kinder waren kaum verschwunden, da wandte sich Mülli ihrem Schrotte zu. „So, mein lieber Schrottus, lass mal sehen, wie es mit der Restfeuchte aussieht!", verkündete Mülli mit einem gnadenlosen Gesichtsausdruck, der keinen Widerspruch duldete und hielt Olafs alten Fön in der Hand.

„Was hast du vor?", fragte Schrotte unsicher, denn seine Freundin kam zeitweise auf verrückte Ideen.

„Du hast bestimmt noch hier und da Wasser im Getriebe, das Handtuch kommt nicht in jede Lücke."

Der alte Föhn donnerte laut los und vom Gewitter war schlagartig nichts mehr zu hören. Das Gebläse pustete Schrotte regelrecht an die Wand.

„Hey, der ist aber heftig! Danach sind bestimmt alle Schrauben locker!", schrie er erschrocken auf.

„Ach, papperlapapp, du bist doch nicht aus Zucker, oder?" Mülli lachte begeistert, so viel Spaß hatte sie dabei.

„Nein, aber aus sehr hochwertigem Metall, wie du weißt!", versuchte Schrotte den Föhn zu übertönen.

„Ja, ja, ich weiß schon, du bist blauen Bleches!" Mülli versuchte, Schrotte nachzuahmen, und machte ein „dosiges" Gesicht. Dies sah sehr komisch aus. Auch Onkel Olaf lachte über Müllis Versuche, Schrotte nachzuäffen.

„Mülli, das schaffst du nicht, unser Schrottus ist einmalig. Bleib lieber Hexe Mülliane!", gluckste Olaf, der auf dem Sofa saß und sich vor Lachen den Bauch hielt.

„Jetzt bin ich aber endgültig trocken!", rief Schrotte kläglich nach einer Weile durch das Föhngetöse.

„Okay, Schrotte. Olaf, wo ist denn die Ölkanne mit der langen Spitze?", wollte Mülli wissen.

„An meinen Körper lasse ich nur meinen eigenen Goldsaft! Aber erst muss ich mich polieren!", wehrte Schrotte entrüstet ab.

„Polieren ist für die Schönheit! Gesundheit ist erst einmal wichtiger! Was nützt es, wenn du glänzt wie Graf von und zu Politur, aber dein Gestänge rostig ist!", behauptete Mülli energisch.

Schrotte gab sich geschlagen.

Olaf brachte Pinsel und Tücher und half Mülli, dem gebeutelten Schrotte mit dessen Öl, das er bereitwillig für diese Aktion hervorholte, zu bearbeiten. Der Pinsel kitzelte ihn noch mehr, als das Trockenreiben mit dem Handtuch.

„Ich kann nicht mehr, aufhören, aufhören!" Schrotte kringelte sich und rollte klappernd mit Mülli über den Fußboden.

Die Hexenmädels kamen aus Flitzpiepes Floddern geflogen, turnten zwischen Schrottes Armen und Beinen hin und her, kicherten und putzten eilig mit, immer dann, wenn Schrotte gerade nicht hinsah.

Später saßen Mülli, die Hexenmädels, Schrotte und Olaf gemütlich auf der Couch bei einem sprudelnden Humpen Kettenöl, Folienkartoffeln, Ölsardinen und Blechkuchen.

Olaf zog eine Tasse Tee vor. „Das Kettenöl liegt mir immer so schwer im Magen", meinte er und versuchte dabei ernst zu bleiben.

So genossen sie gemütlich den Rest des Abends.

Fyllie, Christian, Tom und Olli sputeten sich, als sie Richtung Kellersiedlung radelten, denn es grollte und blitzte wieder über ihren Köpfen und der pechschwarze Himmel kündigte den nächsten Regenguss an. Zu Hause wollte jeder für sich überlegen, wie die weitere Planung des Flugschraubers, den sie bauten, aussehen sollte. Über Gotschi würden Fyllie und Tom die Pläne zusammenlegen. Zuerst bogen Tom und Olli nach rechts ab.

„Tschüß, bis gleich!", riefen die beiden Fyllie und Christian noch hinterher.

„Ja, bis später, tschüß!", brüllten Fyllie und Christian zurück, aber es donnerte so laut, dass man lediglich für Sekunden die offenen Münder im Halbdunkel ausmachen konnte, aber kein Wort verstand.

Tom und Olli wohnten im gleichen Haus in einer Allee mit alten Bäumen und großzügigen Vorgärten, eine Seltenheit in dieser Stadt. Ollis Mutter hatte die Dachwohnung in Toms Elternhaus vor zwei Jahren gemietet, so dass Tom und Olli täglich zusammen und bald auch die besten Freunde waren. Beide empfanden dies als wahren Glücksfall. Tom sah seinen Vater selten, da er beruflich viel unterwegs war und ein Termin den nächsten jagte. Seine Mutter begleitete ihn gelegentlich. Dann übernachtete Tom bei Olli. Täglich fuhren sie zum Schrottplatz, denn Tom, der Tüftler und Erfinder, baute und konstruierte die wunderbarsten Dinge. Olli, sein Assistent, besorgte das richtige Material und das notwendige Werkzeug bei Olaf oder bei Otto, dem Deponiebesitzer von nebenan.

Aus ihrer ersten großen gemeinsamen Tüftelei war Graf Schrottus von und aus Deponien hervorgegangen.

Christian saß hinter Fyllie auf dem Gepäckträger. Er hatte kein Fahrrad, er wünschte sich zu seinem nächsten Geburtstag ein blaues Rad mit Hupe. Es donnerte so laut, dass er sich fest an Fyllie klammerte und den Kopf einzog.

„Keine Sorge, wir sind gleich da, Christian!"

Christian konnte sie bei diesem Krach nicht verstehen. Er wollte nur noch nach Hause.

„Schnell, schnell Fyllie!", jammerte er.

An der nächsten Ecke links rein und schon konnten sie die

großen Wohnblocks erkennen. Einer glich dem anderen bis ins kleinste Detail. Fyllie strampelte was das Zeug hielt und steuerte den zweiten an, um durch die offene Haustür direkt in das Treppenhaus hineinzufahren.

„Mensch, Christian, geschafft! Sogar trocken!" Fyllie sah Christians ängstliches Gesicht.

„Vor den Müllpiraten hattest du nicht so viel Angst, die waren gefährlicher, als das bisschen Gewitter", meinte sie freundlich.

„Das war was anderes! Ich, ich finde es einfach unheimlich. Wie damals, findest du nicht, Fyllie? Damals als Mülli und Schrotte auf einmal zum Leben erweckt wurden!"

„Ja, stimmt."

Fyllie wurde nachdenklich. Sie lebte mit ihren Eltern und dem großen Bruder im fünften Stock in einer kleinen Wohnung. Aber ihn sah sie nur noch selten, da er in letzter Zeit viel mit seinen Freunden unterwegs war.

Wenn er nach Hause kam, gab es meistens Krach und ihr Vater brüllte herum: „Mach endlich was und lungere nicht immer nur herum. Du kriegst nichts auf die Reihe …!"

Fyllie rannte dann immer schnell in ihr kleines Zimmer, das kaum größer als ein Abstellraum war, setzte ihre Kopfhörer auf und hörte ihre Lieblingsmusik. Ihr Herz pochte jedes Mal so laut, dass sie die Musik so laut aufdrehte, bis sie es nicht mehr spürte. Dann ging es.

Gleich würde ihr Bruder zurückbrüllen: „Das musst du gerade sagen, du gammelst doch tagaus, tagein nur vorm Fernseher rum, seitdem sie dich rausgeschmissen haben!"

Dann ein Türenknallen, rumms! – und der Spuk war vorbei. Fyllie presste dann ihre Hände auf die Muscheln des Kopfhörers. Die Musik verdrängte die lauten Stimmen und die schlechten Gefühle für eine kurze Zeit. Wenn sie den Kopfhörer wieder absetzte, war es meist ruhig in der Wohnung. Mama saß dann teilnahmslos am Küchentisch und starrte auf die Kühlschranktür. Dann konnte man für Stunden nicht mehr mit ihr reden. Bei diesen Gedanken flossen Fyllie meist Tränen über das traurige Kindergesicht.

Früher spielten sie zusammen und hatten Spaß. Sie waren eine richtige Familie. Alles war so leicht und schön. Dann verlor Papa seine Arbeit, wie viele andere in ihrem Wohnblock, weil das große Werk „Lebensfroh" einfach schloss. Sie hatten Papa und den anderen vorher nichts gesagt. Niemand interessierte es, dass dreihundert Arbeiter plötzlich auf der Straße standen. Keiner wusste, wie es weitergehen sollte.

„Die produzieren im Ausland. Da ist es billiger", erklärte Papa zu Hause. Mehr sagte er nicht, überhaupt sprach Papa seitdem fast gar nicht mehr. Mama hörte auf zu lachen. Dieses herzliche warme Lachen fehlte Fyllie besonders. Wie Sonnenstrahlen, die ihren Körper durchwärmten und die Seele glücklich machten. Jetzt spürte sie nur noch schweigsame Kälte.

„Was hast du, Fyllie?", fragte Christian.

„Ach, nichts. Mach dir keine Sorgen", antwortete sie schnell.

Ihre Stimmung hellte sich meist auf, wenn sie Christian im Erdgeschoss abholte und mit dem Fahrrad Richtung Schrottplatz fuhr. Der Wind, die Sonne, der Regen, egal was es auch war, ihr Herz wurde leichter und unbeschwerter, je näher sie dem Schrottplatz kam. Dort standen ihr meist schöne und aufregende Stunden mit ihren Freunden bevor.

Vor allem jene Gewitternacht hatte ihr Leben völlig verändert ...

Fyllie werkelte und bastelte damals an ihrer bizarren Hexengestalt. Sie bestand aus herrlich buntem glänzendem Material. Fyllie hatte in der Mitte des Gesichtes ein Loch gelassen, dort wo normalerweise die Nase saß. Ihre Haare bestanden aus unzähligen Kordeln, die Fyllie, jede Locke einzeln, um den Kopf drehte. Die Nase würde sie noch modellieren, vielleicht aus Gips ... Sie wollte später noch daran arbeiten.

„Donnerwetter, Fyllie, diesmal hast du dich selbst übertroffen!", staunte Olaf.

Fyllies Augen glänzten. Sie arbeitete an diesem Wesen mit voller Hingabe. Sie sollte das coolste Hexenmädchen werden, das es je gegeben hat! Was die kleine Hexe später mit ihrer Nase alles anstellen würde, die sie noch bekommen sollte, ahnte Fyllie zu diesem Zeitpunkt noch nicht.

Fyllie war sich absolut sicher, die Nase einer Hexe, die ist wichtig. Dieses Mädchen sollte auf jeden Fall eine Hexe sein.

Nur einen Tag, nachdem die außergewöhnliche Plastikpuppe – bis auf ihre Nase – fertig gestellt, und Tom und Olli den Zusammenbau des Schrottmannes abgeschlossen hatten, geschah etwas Außergewöhnliches ... Das Leben fuhr in der darauffolgenden Gewitternacht in die Glieder der beiden, als ein mächtiger Blitzschlag sie zu Boden schleuderte.

Als am nächsten Tag Fyllie, Tom, Olli und Christian die

Plastikhexe und den Schrottmann lebendig und quietschfidel auf dem Schrottplatz vorfanden, begann für alle eine wunderbare Zeit.

Die beiden magischen Wesen begrüßten sie mit: „Hey, ihr da unten, wir sind hier oben!" – und nach einer spektakulären Landung mit dem Hexenbesen, „darf ich vorstellen, Graf Schrottus von und aus Deponien und ich bin Hexe Mülliane!"

Fyllie staunte über die imposante Nase ihrer Hexe, die über Nacht, wie durch ein Wunder, nun mitten aus Hexe Müllianes Gesicht hervorstach. Als hätte dieses Gesicht nie eine andere Nase gehabt. Sie ragte aus dem Hexengesicht beachtlich und blitzig zackig hervor, wie es für Hexen im Allgemeinen nicht üblich war. Vermutlich ist einer der Blitze in der Gewitternacht in Mülliane steckengeblieben, vermutete Fyllie. Seitdem gehörte Fyllie zu Hexe Mülliane wie ihr Schatten.

Tom und Olli staunten nicht weniger über ihren „Schrotte".

„Graf Schrottus von und aus Deponien ist viel zu lang! Schrotte gefällt uns besser!", waren die zwei sich einig.

Fyllie nannte ihre neue Freundin zärtlich Mülli.

Der blaublecherne Schrotte, die wilde Plastikhexe Mülli und die Schrottplatzclique waren seitdem unzertrennlich. Nicht zu vergessen Müllis Flitzpiepe und die Hexenmädels!

Ein Jahr war es nun her ...

Als Fyllie die Wohnung betrat, war alles ruhig, nur der Fernseher brummte zeitweise aus dem Wohnzimmer bis in den Flur hinüber, wie immer. Mit einer Flasche Wasser ging sie in ihr Zimmer und schloss die Tür. Olaf hatte ihr noch ein paar

Vanille-Kipferln zugesteckt, kurz bevor sie losradelten. Bei offenem Fenster mit Blick auf Mülltonnen und abgestellten Müll in den Hinterhof, verschlang sie genüsslich einen nach dem anderen. Sie waren weich und weiß. Während der Puderzucker zwischen ihren Lippen schmolz, wurde ihr warm. Sie spürte die Sonne des Nachmittags im Gesicht, bevor das Gewitter kam und hörte die Stimmen ihrer Freunde. Sie schloss die Augen und für einen Moment fühlte es sich an wie früher.

Seufzend schob sie das letzte Stück zwischen die Zähne. Sämtliche Fenster nebenan waren ebenfalls geöffnet, um endlich die lang ersehnte kühlere Luft in die Räume zu lassen. Fyllie schaute in die feuchte Dunkelheit, die immer wieder von heftigen Blitzen durchschnitten wurde. Dazu krachte und grollte es im Wechsel.

„Heute vor einem Jahr gewitterte es genauso. Damals kamen Mülli und Schrotte in unser Leben. Ich kann es mir nicht mehr anders vorstellen", dachte sie. „Zum Glück ist morgen Freitag, dann haben wir wieder ein ganzes Wochenende für uns." Dieser Gedanke machte Fyllie zufrieden.

Sie faltete den Bauplan des Flugschraubers auf ihrer Bettdecke aus und feilte an ein paar Kleinigkeiten, die ihr im Lauf des Tages Kopfzerbrechen bereitet hatten, „gotschte" mit Tom und Olli und ging kurz darauf schlafen.

Der Tag danach

Wie immer hatte Fyllie Christian morgens abgeholt, da sein Kindergarten auf ihrem Schulweg lag. Sie schlenderten durch den feuchten Frühnebel in Richtung Schule die Straße hinunter. Die Vögel zwitscherten noch zaghaft im frühmorgendlichen Dunst und die Sonne kroch sachte an den letzten Wolken entlang. Das Unwetter hatte seine Spuren hinterlassen. Überall auf den Straßen, den Bürgersteigen und Vorgärten lagen abgerissene Äste und Blätter herum. Sogar eine Straßenlaterne war umgestürzt, das Glas zerbrochen und ein Baum völlig abgebrannt. Der Rest des schwarz verkohlten Stammes glühte noch und zarte Rauchschwaden stiegen auf.

„Fyllie?"

„Ja."

„Du, Fyllie, glaubst du, dass der Flugdingsda wirklich mal richtig fliegen kann?", fragte Christian, während sie nebeneinander herliefen.

„Klar. Tom und Olli kriegen schon noch raus, wie man ihn zum Abheben kriegt! Mach dir keine Sorgen."

„Ich glaube, den müssen wir mal richtig wachschütteln. Aber gestern hatten wir ein super Gewitter für so was. Vielleicht hilft das. Bei Mülli und Schrotte hat das auch geklappt."

„Könnte schon sein ..."

Plötzlich stürzte Mülliane auf Flitzpiepe in einem Affenzahn vom Himmel herab und landete vor ihnen auf dem Bürgersteig.

Bssssssst!

„Mensch, Mülli, was machst du denn hier! Wenn dich jemand sieht! Morgens sind hier unwahrscheinlich viele Leute unterwegs!", entfuhr es Fyllie erschrocken.

„Hallo Mülli, was ist denn los?", Christian freute sich, die beiden zu sehen und hatte gar keine Lust mehr, in den Kindergarten zu gehen. War ja doch immer das Gleiche.

Mülli war ganz aus dem Häuschen. Flitzpiepe war genauso aufgeregt und produzierte Unmengen von Seifenblasen, die durch die Luft die Straße hinuntertanzten. Müllis Hexenmädels schnatterten zwischen den Floddern wild durcheinander. Müllis Blitznase war hellviolett …

Stimmt! Ihr habt noch keine Ahnung, was mit Müllis Nase los ist … Hexe Müllis Gefühle waren eindeutig an der Verfärbung ihrer Nase erkennbar. Die Skala reichte von schneeweiß (das hieß: „Alles bestens!") bis hin zu braunviolett (das bedeutete: „Bin stinksauer und explodiere gleich!"). Im Extremfall dampfte sie oder kleine Funken sprühten im hohen Bogen heraus, zeitweise wie ein Feuerwerk!

Unsicher schaute Fyllie die Straße entlang, aber niemand registrierte das wilde Plastikmädchen, das eine Spur von Seifenblasen hinter sich herzog.

„Es ist blitzig wichtig!"

Mülli landete in einer Buche mit dichtem Blattwerk und versteckte sich darin so gut es eben ging. Nur die große zackige Nase ragte aus den Ästen hervor.

„Mensch, Mädels, haltet mal die Klappe! Ich muss mich konzentrieren.“

Auf der Stelle verstummte das gackernde Hexenrudel zwischen Flitzpiepes Floddern. Ein letzter Schwall Seifenblasen quoll hervor und verteilte sich in sämtlichen Vorgärten. Dann beruhigten sich Hexchen und Flitzpiepe ebenfalls.

„Es ist etwas Tolles passiert! Auf dem Schrottplatz und der Deponie … Es ist der Wahnsinn! Eine ganze Blechbüchsenfraktion! Es gibt noch mehr von uns…“ Mülli plapperte voller Aufregung einfach drauf los. So hatte Fyllie sie noch nicht erlebt. Die Seifenblasen tanzten derweil weiter und verteilten sich inzwischen im gesamten Stadtteil.

„Kommt, Flitzpiepe wartet schon ungeduldig, das müsst ihr einfach sehen.“

Mülli steuerte dicht auf Fyllie und Christian zu.

„So ist es brav!", lobte Mülli ihr Hexengefolge, das stumm zwischen den Floddern hervorlugte.

Fyllie zögerte nicht länger, die Seifenblasen könnten sie verraten, wenn sie nicht bald die Kurve kratzten. Aus dem Stand hüpfte Fyllie hinter Mülli auf Flitzpiepe und zog Christian hinterher.

Das Gewitter in der letzten Nacht, hatte es wieder Spuren hinterlassen? Wer waren die anderen?

Mülli legte den Turbogang ein und flog pfeilschnell, sodass ihr Kleid Fyllie um die Beine und Christian um die Ohren flatterte. Fyllie stand mit gebeugten Knien direkt in Müllis Windschatten. Flitzpiepe erreichte dann die optimale Fluggeschwindigkeit. Christian umklammerte jedes Mal Fyllies Beine und Flitzpiepes Stiel. An die Schnelligkeit konnte er sich nicht so recht gewöhnen, aber Fyllie würde ihn schon retten, falls er verloren ging, da war er sich sicher.

Während des Fluges zum Schrottplatz erzählte Mülliane aufgeregt von den Neuigkeiten. Aber Fyllie verstand kein Wort, da der Fahrtwind scharf an ihren Ohren vorbeibrauste. Müllis Blitznase war inzwischen dunkellila und sprühte unaufhörlich bunte Funken. Flitzpiepe überflog die letzten Häuser vor dem Schrottplatz.

Wie die Ameisen rannten, fuhren und eilten die Bewohner dieses Stadtteils durch die Straßen und Hauseingänge, aber niemand wandte den Blick in den Himmel, bis auf Patte.

„Mama, sieh mal, da oben eine Hexe mit Sprühfunken und Christian. Da, schau! Christian sitzt auf dem Besen!"

„Patte, für so einen Quatsch habe ich jetzt wirklich keine Zeit! Fällt dir nichts Besseres ein?" Pattes Mutter schüttelte nur verständnislos den Kopf und tippte den Einkaufszettel in ihr Gotschi ein.

Patte ließ sich nicht beirren. Die Erwachsenen waren doch zeitweise zu dämlich. Hätte sie nach oben geschaut, aber was soll's!

„Hallo Christian, Christian! Bis später!", brüllte Patte zu Christian hinauf und winkte unbeirrt weiter.

Christian hätte gerne seinem Freund Patte zurück gewunken, aber er musste sich festhalten. Mülli legte noch einen Zahn zu, falls Pattes Mutter auf einmal auf die Idee kommen sollte, doch einen Blick in den Himmel zu werfen.

Onkel Olaf erwartete sie schon ungeduldig.

„Dat is nen Ding!", sagte er immer wieder und raufte seine wenigen Haare, die vereinzelt auf seinem Kopf wuchsen. „Da seid ihr ja endlich. Kommt mit zur Halle ..."

Mülli sauste mit Fyllie und Christian über Onkel Olaf hinweg direkt zur Halle und bremste haarscharf vor Schrottes Füßen. Er sprach ganz aufgeregt mit einem anderen Metallmann, der ihm aber nicht im Geringsten ähnelte. Er war ganz anders konzipiert als Schrotte, aber nicht weniger beeindruckend. Er trug auf seinem Kopf eine Krone, deren große metallene Zacken kerzengerade zur Decke ragten. Sein eckiger Körper und sein rundes ebenmäßiges Gesicht strahlten Kraft und Ruhe aus.

Fyllie beobachtete sprachlos die beiden.

„Schau mal, Fyllie! Ein kleiner Dosenmann!"

Christian zeigte begeistert auf einen Minidosenmann, der neben ihm auftauchte, nicht größer als er selbst und der über sein ganzes Gesicht strahlte.

„Ja, hallo, ich bin Zappi Döschen, aber ihr könnt Döschen zu mir sagen! Nett, euch kennenzulernen. Wer seid ihr und wie geht es euch? Also mir geht es hervorragend. Ihr seid keine Dosen, oder?" Scheppernd hüpfte er vor Christian von einem Bein auf das andere hin und her und plapperte ohne Pause.

Christian lachte: „Du hörst dich an wie meine Quietschenten."

Döschen verstummte: „Was ist eine Quietschente?"

Doch bevor Christian einen Vortrag über seine Enten halten konnte, kam Onkel Olaf keuchend um die Ecke gelaufen und blieb vor Mülli stehen.

„Mülli, ich habe noch einen entdeckt." Fassungslos und völlig aus dem Häuschen zeigte Olaf hinter sich auf eine imposante Erscheinung, die ihn weit überragte.

Alle Blicke folgten ihm und starrten erstaunt auf den ungewöhnlichsten Metallmann, den sie bisher erblickt hatten. Er war der größte von allen und lief auf zwei stelzenartigen Metallschienen, die an einen Vogel Strauß erinnerten. Ein Wirrwarr von Drähten, Kabeln und Metallgittern schienen seinen übrigen Körper zusammenzuhalten. Ganz besonders aber war seine Stimme. Es klang, als käme sie aus einem Lautsprecher.

„Ach, hier sind noch mehr von euch. Echt toller Schrottplatz hier. Ich bin Talko. Und ihr?"

Mülli fand zuerst ihre Sprache wieder.

„Mein Name ist Hexe Mülliane und das hier ist Flitzpiepe."

Zur Begrüßung lugte die kleine Hexenschar neugierig zwischen den Floddern hervor.

„Dies sind meine Freunde Fyllie, Christian und dort ist Graf Schrottus und Onkel Olaf." Sie zeigte in die Runde, um sie Talko vorzustellen.

Schrotte und K. L., sein Name war König Leo von Eisenhart, wie sich später herausstellte, unterbrachen ihre Unterhaltung.

„Ich habe es dir doch gesagt, Fyllie. Gestern, ein Gewitter wie damals, als Mülli und Schrotte plötzlich zum Leben erweckt wurden!" Christian sprang munter auf Döschen zu und beide drehten sich im Kreis herum.

Schrottes Freude über die Bekanntschaft von weiteren Wesen seiner Art war grenzenlos. Es gab noch mehr von ihnen, sie waren nicht allein, einfach klasse! Wobei, allein hatte er sich mit Mülli und ihren Freunden auf dem Schrottplatz bisher nicht gefühlt.

„Wir sollten die drei fragen, was passiert ist, oder was meint ihr?", schlug Olaf vor.

„Ja, ihr drei Dosen, erzählt mal!", warf Christian mutig ein, der ebenfalls sehr erfreut über die neue Bekanntschaft war.

„Na, nicht so vorlaut, junger Mann", erwiderte König Leo, genannt K. L. zu Christian gewandt und tätschelte Christians Kopf. Ein Lächeln umspielte seinen blechernen Mund bei diesen Worten und ließ ein paar Schraubenzähne aufblinken.

Christian grinste zurück. Er fand die drei Neuen richtig cool!

„Auf einmal schlug der Blitz in den Stromkasten ein, unmittelbar neben uns", erklärte K. L.

„Meine Füße brennen immer noch von dem heftigen Schlag", ergänzte Talko und wackelte mit den Zehen. „Aber jetzt! Potz Blitz und Dosenöl. Jetzt sind wir endlich frei!" Talko sprang wie ein Känguru in der Halle herum und spürte die neue Freiheit in jedem Scharnier.

„Hurra!", rief Döschen so laut er konnte und hüpfte klappernd auf seinen kurzen Beinchen hinterher.

Und K. L. rief: „Es lebe das Reich der Metallica!"

Talko setzte fort: „Tagelang haben Fred und seine Kumpels gebastelt und gewerkelt, bis wir so vollkommen waren wie jetzt." Dabei schlug er mit der geballten eisernen Faust auf seine Metallbrust, dass es schepperte. „Auf einem Schrottplatz, ein großes Stück von hier entfernt", fuhr er fort. „Es kamen riesige Bulldozer. Zuerst vertrieben unfreundliche, finstere Typen alle Straßenkinder, errichteten riesige Elektrozäune und dann walzten sie alles nieder, was ihnen in die Quere kam." Während er sprach, blitzte Wut in seinen Augen auf. Helle Spots funkten in seinen Augäpfeln. „Zum Glück standen wir an einem Stromkasten in einer kleinen Hütte, sonst hätten sie uns ebenfalls umgenietet. Diese gemeinen Kerle!" Talko schnaubte dabei aufgebracht wie ein Pferd und stampfte mit dem rechten Stelzenbein auf den steinernen Boden der Halle.

K. L. legte beruhigend seinen Kettenarm auf Talkos Schulter.

„Wir können von Glück sagen, dass das Gewitter uns erlöst hat und wir fliehen konnten. Es war schlimm für uns, der Zerstörung tatenlos zusehen zu müssen." K. L.'s Stimme bebte, der Gedanke daran war kaum zu ertragen.

„Ja, dies war unsere Rettung. Einer von den Typen heißt

Leo. Leider haben wir die Kinder nicht mehr gesehen", erzählte Döschen weiter und schaute niedergeschlagen zu Boden. „Wie schade!"

Auch Mülli und die anderen waren entsetzt über die Erlebnisse ihrer neuen Freunde.

„Leo? Den Namen habe ich schon einmal gehört. Einer von den Müllpiraten aus dem letzten Jahr hieß auch Leo", fiel Tom ein.

„Stimmt, Harry hat ihn mit der Polizeistreife eingesammelt. Ob er schon wieder auf freiem Fuß ist?", überlegte Olaf laut.

„Bei guter Führung möglich", sagte Fyllie.

„Verdammichte Blitzköttel! Ist es denn zu glauben! Haben die immer noch nicht genug? Diese öligen Schmierfurze? Diesmal werden sie nicht so einfach davonkommen!" Mülli sprang wütend auf und ab. Sie schwenkte Flitzpiepe über ihren Köpfen, dass es der Hexenschar angst und bange wurde. Talko wischte sie versehentlich die Floddern durch das verblüffte Gesicht. Den Hexenmädels, die sich krampfhaft festklammerten, wurde speiübel.

Olaf runzelte nachdenklich die Stirn, wie sollte es bloß weitergehen? Er wusste, dass viele Deponien und Schrottplätze in anderen Städten bereits dem Erdboden gleich gemacht wurden. Dass die Gefahr so nah sein würde und bereits ihre Stadt erreicht hatte! Große Fabriken wurden stattdessen in Windeseile hochgezogen. Riesige Transporter, die vollgestopft mit undefinierbarem Müll in die neuen Fabriken hineinfuhren, spuckten am Ende Polstermöbel, Matratzen, Autositze und Ähnliches aus. Die Preise für diese Dinge waren so günstig, dass sie überall reißenden Absatz fanden. Niemand wusste genau, was in den Möbeln und Polstern steckte. Nur in Deponiekreisen wurde gemunkelt, dass es wohl nicht mit rechten Dingen zuginge. Doch offiziell wusste niemand etwas. Wer dahintersteckte, lag bedrohlich im Dunkeln.

Nachdem Mülli und ihre Freunde im vergangenen Jahr den Müllpiraten den Garaus gemacht hatten, fand die Müllmafia neue Wege, den verbotenen Abfall zu entsorgen. Die zuständigen Politiker und Behörden des Landes waren taub auf diesem Ohr oder schauten sie nur weg? Eine schwierige Situation!

„Heute Nachmittag halten wir erst einmal Krisensitzung, oder was meint ihr?", entgegnete Fyllie.

Die anderen nickten zustimmend.

„Habt ihr vielleicht etwas Dosenfutter hier? Mein Magen meldet sich!", verkündete Döschen hungrig und strich über seine runde Blechbauchwölbung. Bestätigend ertönte ein lautes dosiges Magengrummeln.

„Bei euch Blechdosentypen klingt es wie ein hohles altes Ofenrohr", entgegnete Mülli. Jetzt, wo sie Dampf abgelassen hatte, fühlte sie sich schon viel besser. Flitzpiepe und den Hexenmädels war immer noch ein wenig schwindelig.

„Du, Döschen, Olaf hat Kekse und Limo", ergänzte Christian und leckte sich über die Lippen.

„Also, Dosenwurst mit Kettenöl wären mir ehrlich gesagt lieber", bemerkte Döschen kleinlaut.

Beruhigend legte Schrotte die Metallpfote auf Döschens Schulter und meinte: „Wir werden schon etwas für dich finden. Hier ist noch keiner verhungert! Wie wäre es denn mit Pfannenpizza und einer extra Portion feinstem Schmieröl?", schlug Schrotte Döschen vor, der bereits mit dem ganzen Bauch vor Hunger wie ein Elch röhrte.

Döschen nickte zustimmend.

Essen und in Ruhe nachdenken brachte ihnen schon so manche gute Idee.

Nach dem Essen steckten sie die Köpfe zusammen. Nachmittags tauchten auch Tom und Olli auf. Sie wollten unbedingt die andere Deponie auskundschaften, um sich ein eigenes Bild der Lage zu machen.

„Mensch, Kinder, das ist gefährlich. Ihr könnt nicht allesamt dorthin, dies wäre zu auffällig!" Olaf machte sich jetzt zusehends Sorgen um seine Schützlinge, zumal es immer mehr wurden.

„Unser Schrottplatz und Ottos Deponie sind aber auch in Gefahr! Wir müssen etwas unternehmen!", erklärte Tom mit ernstem Gesicht zu Olaf gewandt.

„Tom ist ein pfiffiges Kerlchen, dem macht so schnell keiner was vor", dachte Olaf.

„Tom und Olaf, ihr habt beide recht! Wir werden zu fünft aufbrechen. Ich schlage Schrotte, Tom und K. L. vor", bestimmte Mülli.

„Und du, Mülli!", sagte Olaf schnell, da Müllianes Mut und ihre magische Flitzpiepe bei dieser Mission hilfreich sein konnten.

Alle waren mit der Auswahl einverstanden. Nur Fyllie war ganz still.

„Und wir werden weiter an unserem Flugo arbeiten!", schob Olli schnell hinterher. „Wer weiß, wofür wir den noch brauchen werden."

„Oh, lass mal sehen! Da mach ich mit! Fliegen wollte ich schon immer, aber bei mir hat es nur für die langen Eisenstelzen gereicht", ereiferte sich Talko.

Er marschierte mit großen schlaksigen Schritten hinter Olli her, der sich schon auf den Weg in Richtung Flugo, dem Flugschrauber machte. So war sein künftiger Name. Dies hatten sie gemeinsam beschlossen. Man musste dem Ding einfach einen Namen geben, dann konnte man viel besser herausfinden, was er so denkt und den „Nichtfliegfehler" finden, meinte Christian.

„Ich glaube, wir drei haben auch noch einiges zu tun", pflichtete Olaf Talko bei, fasste Döschen und Christian an der Hand und folgte Olli und Talko.

Fyllie schaute missmutig zu Mülli hinüber. Sie wollte doch nicht ohne sie fliegen? Mülli zwinkerte Fyllie keck aus dem Augenwinkel zu und bremste vor ihr.

„Wir sind erst vier. Du kommst bestimmt mit, wie ich dich kenne."

Was für eine Frage! Fyllie sprang gekonnt hinter Mülli auf Flitzpiepe, ihren Stammplatz.

Beide standen dicht hintereinander leicht angehockt. Flitzpiepe hatte sich beruhigt. Still warteten die kleinen Hexchen zwischen Flitzpiepes Floddern auf das Startsignal.

Tom grinste und setzte sich vorsichtig hinter Fyllie. „Ich nehme Christians Platz, der ist mir sicherer als der Stehplatz"

„Ist schon okay, die Stehplätze sind sowieso schon belegt", lachte Mülli ihr magisches Hexenlachen.

K. L. schwang schwerfällig seine Beine über Schrottes Rücken. Rechts und links fuhr Schrotte seine neuen Seitenruder aus, die bei diesem Flug zum ersten Mal zum Einsatz kamen. Tom hatte sie konstruiert und mit Olli in Schrottes Rücken eingebaut. Fortan konnte Schrotte wie ein Käfer seine Schultern aufklappen und die Flügel ausfahren. Als hätte er nie etwas anderes getan, hob Schrotte leise summend und vibrierend wie eine Biene mit K. L. ab.

Mülli startete mit Flitzpiepe von null auf hundert durch. Mülli trieb die ungeduldige Hexenneugier vorwärts. Tom umklammerte so fest er nur konnte Flitzpiepes Stiel. Die Besenfloddern am Ende des Stiels hielten ihn gerade noch auf Flitzpiepe, sonst wäre er heruntergesaust.

Zügig überquerten Schrotte und Mülli die Stadt. Sie wollten keine Zeit verlieren. Die Dächer, übersät von Antennenwäldern; die Hinterhöfe, Abstellplätze von Regentonnen und Gartengeräten oder rostigen Fahrrädern und all den Dingen, die der Mensch nicht mehr brauchte, wurden nur zeitweise durch kleine grüne Gärten unterbrochen. Liebevoll von Menschenhand gepflegt, bildeten sie die Oasen in dieser Betonlandschaft.

Mülli huschte schnell hinter einen Schornstein, als plötzlich ein Junge gähnend aus dem Fenster schaute. Er rieb seine Augen, weil er glaubte, ein Mädchen gesehen zu haben, mit Besen? „Ich träume jetzt schon, wenn ich wach bin", dachte er.

Schrotte folgte Mülli dicht auf den Fersen.

„Ich glaube, ich bin nicht schwindelfrei!", stöhnte K. L. auf einmal und hielt die schweren Eisenhände vor seine stahlblauen Augen.

„Wenn ich nicht wüsste, dass du auch blauen Bleches bist, würde ich sagen, du bist grün im Gesicht", erwiderte Mülli grinsend.

„Ach, das legt sich, K. L.", behauptete Schrotte, „wenn du ein paar Mal mitgeflogen bist, hast du dich daran gewöhnt." Klack, klack, klopfte Schrotte K. L. verständnisvoll auf die harte Eisenschulter.

K. L. antwortete nicht. Wie ein schlaffer Sack hing er auf Schrotte und hoffte auf eine gute Landung auf seiner heimatlichen Deponie, die jetzt in Sichtweite kam. Er blinzelte zwischen den Fingern hindurch.

„Dort drüben ist es!", rief er erleichtert und zeigte mit der Eisenpranke auf das niedergewalzte Grundstück.

„Da ist ja nichts mehr!" Mülli starrte fassungslos auf die eingezäunten Krater.

„Wie auf dem Mond", meinte Tom kopfschüttelnd.

Sie steuerten direkt darauf zu und Schrotte bereitete seinem Metallfreund K. L. eine äußerst gelungene sanfte Landung.

Sie setzten zwischen Elektrozaun und der kleinen Hütte direkt neben dem Stromkasten auf. Der Platz, an dem K. L., Talko und Döschen durch den Blitzeinschlag das Leben in die Glieder gefahren war.

Aus ihrem Versteck heraus peilten sie die Lage.

„Nach unserer Aktion mit den Müllpiraten im vergangenen Jahr hat sich bis vor kurzem keiner mehr der Halunken auf die Schrottplätze und Deponien getraut, dank Mülli!"

Tom setzte bei dieser Äußerung sein breites Siegerlächeln auf und kletterte von Flitzpiepe.

„Ach Quatsch! Wir alle waren einfach ein verdammt gutes Team, oder?" Mülli puffte Tom in die Seite.

„Ist ja gut. Stimmt schon. Christian hat Leo den Rest gegeben! Der mutige kleine Kerl."

Dies war ein Jahr her. Nun schienen eine ganze Menge von diesen Typen wieder ihr Unwesen in der Stadt zu treiben.

„Merken denn nur wir, dass es wieder nicht mit rechten Dingen zugeht und die Machenschaften der Müllpiraten wieder Oberhand gewinnen?", fragte Fyllie ungehalten in die Runde, sichtlich entsetzt über die Ausmaße der Vernichtung ... einer Wüste gleich.

Fassungslos begutachteten sie das Schlachtfeld.

„Ich schaue mir das mal aus der Nähe an."

Die grüne Farbe war aus K. L.'s Gesicht gewichen, dafür machte sich ein tiefes Blau breit. Er war wütend, wollte es aber nicht zeigen, sondern Haltung bewahren. „Als wäre eine Bombe eingeschlagen!", knurrte K. L. verbittert.

Das ganze Gelände sah aus wie eine Kraterlandschaft. Tiefe Löcher und hoch aufgetürmter Bauschutt wechselten sich ab.

„Als hätte ein Orkan gewütet", murmelte Tom. „Dort ist ein Bauschild, vielleicht erfahren wir mehr."

Hier entsteht eine moderne Müllrecyclinganlage.

Bauunternehmen Raffgau in Kooperation mit der Recycling Gier AG

Das neue Baumaterial: MÜLL

„Nicht verwertbar gibt es nicht!"

„Da, seht ihr, jetzt vermischen die Kerle ganz offiziell die giftige Brühe aus den blauen Fässern mit normalem Müll!"[1]

Müllis Nase dampfte braunviolett und wütend vor sich hin und ihre kordeligen Haare wirbelten um ihr Gesicht herum.

„Ich verstehe nicht! Welche giftige Brühe und welche Kerle?", fragte K. L. unsicher und sah von einem zum anderen.

Schrotte erzählte ihm die ganze Geschichte von den Müllpiraten, wie sie damals alle gemeinsam in die Flucht schlugen.

Ein Junge mit wuscheligen braunen Haaren näherte sich dem Elektrozaun. K. L. erkannte ihn sofort und sein Gesicht hellte sich sichtlich erleichtert auf.

„Hallo Fred! Mensch! Dass ich dich noch mal wiedersehen würde! Darf ich euch vorstellen, unser Baumeister, Fred!"

Überschwänglich mit den Armen rudernd und hellblau leuchtend, lachte K. L. dem unerwarteten Besuch entgegen.

Fred, ein schlaksiger, hochgewachsener Junge, der niemals Schuhe trug, da er sonst den Boden nicht spürte, wie er sagte, kam scheu lächelnd auf sie zu. Seine Füße waren wie die Wurzeln eines Baumes, die tief in die Erde wuchsen. Sie trotzten Kälte und Hitze. Kein Weg war zu steinig oder zu unbequem. Er begriff die Welt über seine Füße.

---

1) Pilotgeschichte aus „Der Stern in deiner Hand", Hexe Mülliane und Graf Schrottershaufen aus Deponien

„Ach, K. L., da bist du ja, wo sind Döschen und Talko? Wir waren ganz traurig. Auf einmal wart ihr verschwunden!", rief Fred aufgeregt über den Elektrozaun K. L. zu und grub seine Zehen noch tiefer in die Erde.

K. L. erzählte von den Ereignissen und klopfte Fred durch eine Lücke im Zaun mit seiner schweren Metallpranke auf die Schulter, vor Freude, ihn wiederzusehen.

„Gweny und Lanze sind nicht mehr da. Schade, sie hätten euch bestimmt auch noch einmal gerne gesehen."

„Wie meinst du das? Sie sind nicht mehr da?", fragte K. L. verwundert.

„Sie wohnen nicht mehr bei der Familie nebenan. Vor ein paar Tagen kam eine Frau und ist mit ihnen weggefahren. Sie waren nur vorübergehend hier. Ich wusste auch nichts davon!" Fred senkte den Blick.

„Komm zu uns auf Olafs Schrottplatz, am anderen Ende südlich der Stadt. Dort sind auch Döschen und Talko", erwiderte Mülli freundlich und lächelte Fred aufmunternd an.

Seine Augen bekamen einen tiefen Glanz, als er Talkos Namen hörte und seine Mundwinkel verwandelten sich zu einem glücklichen breiten Grinsen. Großartig! Er würde seinen Freund Talko wiedersehen. Dies hatte er nicht zu hoffen gewagt!

Über Hexe Mülliane musste er staunen. Ihre Nase war extrem. Fred riss die Augen auf, als er sie betrachtete. Funkte es aus ihrer zackigen Nase oder bildete er sich das bloß ein? So ein cooles Mädchen.

Mülli kicherte ihr müllisches Gegacker und stellte Fyllie,

Tom und natürlich Schrotte dem noch verwunderten Fred vor.

„Mensch, eine echte Hexe. Ich komme, heute Abend. Einfach cool, ihr lebt", mit einem Blick auf K. L. und in Gedanken an Talko. Zu mehr war Fred im Moment nicht in der Lage. Talko, K. L. und Döschen! Er hatte von ihnen geträumt, wie sie gemeinsam durch die Welt streifen. „Ich komme heute Nachmittag schon, geht das?"

„Klar!", sagte Mülli und die anderen nickten.

Eilig rannte Fred zu seinem Fahrrad, winkte, sprang auf und fuhr um die Ecke. Mit einem Satz landeten Mülli und Fyllie zeitgleich auf Flitzpiepe und luden Tom wieder hinter sich auf. K. L. kletterte etwas umständlich zwischen Schrottes Seitenruder und machte es sich dort so bequem wie eben möglich. Diesmal nahm er sich fest vor, seine blaue Gesichtsfarbe zu behalten.

Am späten Nachmittag schlich Fred heimlich aus seinem Stadtteil durch die leeren Straßen Richtung Olafs Schrottplatz, wo schon Mülli und die anderen warteten. Er brannte voller Ungeduld auf ein Wiedersehen mit Talko und Döschen.

Fred baute und werkelte ebenfalls leidenschaftlich gern. Es lenkte ab und ließ ihn vergessen. Er schuf etwas, es wuchs unter seinen Händen, die geschickt ein Teil zum anderen fügten. Als er fertig gewesen war, hatte er sein Bauwerk Talko genannt. Unfassbar hatte er eines Tages vor dem hohen Elektrozaun, der leise summte, gestanden. Als er ihn berührte, fuhr ein blitzartiger Schmerz durch seinen Körper. Tatenlos musste er zusehen, wie riesige Bulldozer alles niederrissen, was sich ihnen in den Weg stellte. Sein Herz schrie nach Talko: „Komm, spring über den hohen Zaun! Springe mit deinen hohen Stelzenbeinen einfach darüber! Beeile dich, sie bringen dich sonst um!" Einer der finsteren Kerle stieg aus und verjagte Fred mit drohender Faust. Vertrieben zu werden, war Fred nicht neu, aber diesmal brannte der Schmerz darüber in seiner Brust, dass sie fast zersprang. Seine hilflose Wut war danach grenzenlos.

Abends hatte dann ein heftiges Gewitter über der Stadt getobt. Am nächsten Tag waren Talko und die anderen beiden Metallmänner, die er mit Gweny und Lanze gebaut hatte, verschwunden. Wie vom Erdboden verschluckt. Es hatte immer noch unaufhörlich geregnet und Fred stand regungslos vor dem Zaun. Seine nackten Füße sanken knöcheltief in den matschigen Boden, das Wasser rann in seinen Hemdkragen, den Rücken hinab und durchweichte ihn in kürzester Zeit. All dies spürte er nicht. Wortlos kehrte er mit seinen Freunden in ihren Wohnblock zurück. Fred, Gweny und Lanze hatten wie die Schrottplatzclique die meiste Zeit auf „ihrer" Deponie verbracht.

Als Fred seinen Talko in Olafs Halle erblickte, fielen sich beide lachend in die Arme.

„Mensch, Junge!" Talkos Stimme überschlug sich.

Sie sprangen in der Halle wild umher und boxten sich freundschaftlich in die Seiten.

Döschen hüpfte freudestrahlend hinter Fred her und zupfte ihn an den langen Beinen.

„Ihr seid lebendig!“ Fred konnte es kaum glauben. „Und alles funktioniert, oder gibt es irgendwelche Probleme?“

Beeindruckt von seiner eigenen Leistung musterte er die beiden drahtigen Freunde.

Niemand hätte ihm geglaubt, wenn er erzählt hätte, dass er Talkos Stimme bereits kannte. Fred sprach schon damals mit ihm, während er seine Einzelteile zusammenfügte, allerdings ohne hörbare Worte! Talko antwortete ihm auf die gleiche Weise, indem er ihm Tipps gab, wie Fred vorgehen sollte. Aber dies behielt Fred für sich. Es war sein und Talkos Geheimnis.

Fred war glückselig, Talko, K. L. und Döschen noch einmal wiederzusehen!

„Ich bin später heimlich zurückgeschlichen. Den einen nannten sie Leo. Er erzählte, dass in spätestens vier Wochen alle Deponien und Schrottplätze in der Stadt verschwunden wären. Große Fabriken würden sie bauen. Dann wäre endlich alles in Raffgiers Hand. Das Versteckspielen mit den Behörden hätte dann ein Ende", erzählte Fred später, als sie gemütlich auf Olafs Sofa mitten im Hof an der Laterne saßen.

„Diese gemeinen Kerle", schimpfte Mülli aufgebracht. „Dann brauchen diese Verbrecher die Giftfässer nur noch in die Recyclinganlage hineinfahren."

„Und dort lösen sie sich quasi in Wohlgefallen auf", vervollständigte Tom Müllis Überlegungen.

„Ätzend! Einfach nur ätzend!"

„Wie furchtbar!", ergänzte Olli.

„Alles wird giftig und wir verlieren unseren Schrottplatz", flüsterte Christian traurig in die Stille, denn alle waren verstummt. Ihnen wurde klar, die schöne Zeit war nun endgültig vorbei und ihre Welt würde ins Unglück steuern, wenn es niemand verhinderte.

Fyllie war traurig und wütend zugleich.

„Wenn Kinder etwas zu sagen hätten, würde es so etwas nicht geben", dachte sie.

Eine heiße Protestträne rollte über ihr Gesicht. Tom tröstete sie und Christian lehnte an Onkel Olafs Bein. Dabei vergrub er sein Gesicht in der herunterhängenden Jacke. Die Großen machten Dinge, die Christian nicht verstand. Es waren böse

Sachen, die Kinder traurig machten. Im Kindergarten durfte man anderen nicht einfach das Spielzeug wegnehmen oder kaputtschlagen. Aber die Großen machten, was sie wollten. Sie waren gierig. Große hörten nie auf die Kleinen. Wer hatte die eigentlich erzogen?

„Wenn Olafs Schrottplatz und Ottos Deponie bald geschlossen werden, bleibt nur eine Möglichkeit; wir müssen uns auf den Weg machen und etwas unternehmen. Denn hier können wir keinesfalls mehr bleiben. Wir werden unsere Heimat suchen", sagte Schrotte mit fester Stimme.

„Auf welchen Weg?", fragte Fyllie überrascht. „Was wird aus uns und Olaf? Wo sollen wir denn hin, wenn es den Schrottplatz nicht mehr gibt? Und außerdem, du und Mülli, ihr seid hier zu Hause bei uns auf dem Schrottplatz", setzte sie aufgebracht fort. Ein ungutes Gefühl machte sich in ihrer Magengegend breit.

Mülli legte den Arm um ihre Freundin. „Wir sind hier geboren, aber hier ist kein Platz für uns. Wir wussten es eigentlich von Anfang an. Nicht wahr, lieber Schrottus?" Mülli warf Schrotte diesen wissenden Blick zu, während sie Flitzpiepe über die Floddern streichelte.

Schrotte nickte bestätigend in die Runde.

Jetzt schaltete sich auch Tom ein. „Stimmt!", rutschte Tom eine Bemerkung heraus und fuhr fort mit einem Blick auf Schrotte, während alle Augenpaare auf Tom gerichtet waren. „Schrotte heißt schließlich Graf Schrottus von und aus Deponien."

„Das war kein Zufall, sondern Schicksal."

„So ist es!", bestätigte Schrotte. Alle starrten ihn verwundert an. Schrotte fühlte, dass die Zeit des Aufbruchs nahte.

„Deponien, da gehöre ich hin und ihr auch!" Schrotte zeigte auf Mülli und seine neuen Blechfreunde Talko, K. L. und Döschen.

„Deponien, wo soll das sein? Habe ich noch nie gehört!", fragte Talko neugierig dazwischen.

„Ich habe ein Bild vor Augen, als hätte man mir es mit Mutteröl eingeflößt, obwohl ich es noch nie gesehen habe!"

Nun stürmten alle fragend auf Schrotte ein, sodass keiner mehr ein Wort verstand.

Mülli hüpfte sportlich auf Flitzpiepe in den Stand: „Ruhe! Das könnt ihr glauben oder sein lassen."

Mülli erhob die Stimme, damit jeder sie hören konnte.

„So wie ich wusste, dass ich Hexe Mülliane bin, und fliegen kann."

Galant flog sie einen Looping, allerdings unter Protest der Hexenmädels.

„Die anderen magischen Dinge habe ich erst später entdeckt", versuchte Mülli augenzwinkernd die Stimmung zu retten. „Manche Umstände lassen sich nicht erklären."

„Und wo ist das, Deponien?", wollte auch K. L. wissen.

„Wie kommen wir denn da hin?", fragte Döschen aufgeregt.

„Ich kann es euch noch nicht genau sagen! Wir werden Deponien suchen. Jeder hat einen Ort, wo er hingehört. Das spüre ich in jeder Ritze." Dabei kratzte Schrotte seine Kopfdose und legte angestrengt die Stirn in Falten. „Bestimmung! Ja, es ist unsere Bestimmung, dass wir auf diese Welt geraten sind", erklärte er so gut wie möglich und dabei blickte er wieder in fragende Gesichter.

„Wir verjagen die Halunken einfach!", rief Christian dazwischen und trat kräftig gegen das alte Sofa. Er erinnerte sich dabei an Leos schmerzverzerrtes Gesicht, als Christian ihm damals mit seiner ganzen Kraft gegen das Schienbein getreten hatte.

„Hast du schon mal versucht, einen Berg davonzujagen?", warf Olli zweifelnd ein.

Fyllie umarmte ihre Freundin liebevoll und lehnte ihren Kopf an Müllis Schulter.

Sie schluchzte: „Warum ist das alles nur so? Es war so schön mit euch hier bei Olaf auf dem Schrottplatz. Und das soll nun alles vorbei sein?"

Christian fing ebenfalls an zu heulen und schnäuzte seine Nase in Olafs Hose, die nach kurzer Zeit triefte.

Hilflos streichelte Olaf sanft über Christians Haarschopf. „Die Welt verändert sich ständig, Kinder. Man muss halt das Beste daraus machen", seufzte Olaf.

Mehr wusste er nicht darauf zu sagen. Die Welt veränderte sich so schnell. Ihm wurde ganz schwindelig davon. Ein dicker Kloß im Hals, ließ keine weiteren Worte über seine Lippen kommen. Seine Knochen schmerzten von der feuchten Kälte, die auf dem Schrottplatz durch alle Ritzen drang. Er war alt und unbeweglich geworden. Er fühlte sich bislang auf seinem Schrottplatz immer sicher und wohl, mit Otto als Nachbarn und den Kindern, die ihn fast täglich besuchten. Dies hatte seinem Leben einen Sinn gegeben.

Tom schaltete sich ein: „Wir werden Mülli und Schrotte helfen, Deponien zu finden. Aber vorher haben wir mit Raffgier und seinen Kumpels noch ein Hühnchen zu rupfen, oder?"

Kampflustig, die Augen schmal zusammengezogen mit festem Blick, schaute Tom in die Augen seiner Freunde. Er ertrug es nur schlecht, alle so niedergeschlagen zu sehen. Es würde nicht einfach sein, diese Leute unschädlich zu machen.

„Das können wir nicht auf uns sitzenlassen!"

„Denen zeigen wir es!" Freds Augen sprühten. Tom hatte recht. Freds alter Kampfgeist war wieder erwacht. „Zusammen können wir es schaffen!"

Olli stimmte ihm sofort heftig nickend zu. Fyllie trocknete ihr Gesicht am Ärmel ab und nickte ebenfalls. Freds Lippen waren fest aufeinandergepresst. Er hatte gerade seine alten Freunde wiedergefunden und neue dazugewonnen. Niemand sollte das wieder zerstören.

Kinder, Hexe, Blechmänner und Olaf schworen sich auf ihr großes Ziel ein. Sie würden einen Plan aushecken. Die Zeit war denkbar knapp, dies wussten sie. Sie würden diesem unmöglichen Pack einen Strich durch die Rechnung machen. Schnelles Handeln war erforderlich.

„Mal ehrlich, wir haben doch nicht die geringste Ahnung oder Anhaltspunkt, wo Deponien sein könnte. Die Welt ist riesig groß. Wo sollen wir anfangen zu suchen?", gab Tom zu bedenken.

„Wir müssen Augen und Ohren offenhalten, damit uns auch nicht der kleinste Hinweis entgeht", erwiderte Mülli.

„Auf dem Weg zu Raffgier haben wir noch Zeit, uns Gedanken zu machen. Ich fühle es in der kleinsten Schraube, wir werden Deponien finden. Vertraut mir!" Schrottes Blech leuchtete hellblau, als er sprach. Mülli entging Schrottes feste Überzeugung nicht. Auf ihn war Verlass, das wusste sie.

„In welcher Stadt werden wir Raffgier finden? Tom, hast du etwas herausgekriegt?"

„Ja, hab ich. Das Unternehmen hat seinen Sitz in Gierburghausen. Dort ist die Zentrale. Das ist noch mal so weit wie zu Oma Traudich."

„Wurde die Stadt etwa nach diesem Typen benannt?", fragte Fyllie ungläubig.

„Nein, das gerade nicht, aber Raffgier hat diese Stadt vermutlich zu seinem Stammsitz erwählt, weil dann genau dieser Eindruck entsteht. Dies hat meine Recherche ergeben", antwortete Tom eifrig.

„Dieser Mensch scheint nichts dem Zufall zu überlassen", staunte Olaf. Ihm lief wieder ein eisiger Schauer über den Rücken, da er an Raffgier dachte.

„Was ist denn mit Oma Traudich?", fragte Fyllie plötzlich. „Nächste Woche sind Ferien, dann besuchen wir sie wie letztes Jahr. Sie hilft uns bestimmt." Diese gute Freundin wollten sie einweihen, denn schließlich konnten sie jede Unterstützung gebrauchen.

„Ich freuc mich schon auf ihre Bekanntschaft", reagierte Olaf spontan.

„Kommst du mit? Toll, Onkel Olaf!", freute sich Christian und putzte ein letztes Mal seine Nase an Olafs anderem Hosenbein ab, denn das war noch trocken.

„Ich komme später mit Fred, K. L., Talko und Döschen nach. Wir werden unseren Flugo startklar machen, nicht wahr? Da haben wir noch viel Arbeit vor uns." Olaf zwinkerte Hexe Mülli und Schrotte aufmunternd zu. Er musste etwas unternehmen, schließlich war sein Schrottplatz in Gefahr.

„Ihr haltet die Stellung hier, okay?" Tom sah dabei Fred und die anderen an. „Ich zähle auf dich, Fred. Olli, zeig' Fred gleich, woran wir gerade arbeiten. Fred ist da fachlich bestimmt voll im Thema."

„Wird gemacht!"

Die Schrottplatzclique, Schrotte und Mülli würden wie geplant Oma Traudich besuchen. Diesmal allerdings nicht zum Ausspannen. Oma Traudich war auch ein echter Kinderversteher – ich meine Kinderversteherin! Cool eben, und auf sie war Verlass. Sie war wie ein Fels in der Brandung!

„Die hält dicht wie ein Schlauchboot!", meinte Christian.

„Es gibt genug zu tun. Ich will schließlich nicht nach Deponien laufen, oder was meinst du K. L.?" Mit diesen Worten rempelte Talko K. L. spontan und heftig, wie es seine Art war, an. Der stürzte dabei um.

„Wenn du so weitermachst, gehe ich mit dir nirgendwohin!" K. L. rappelte sich auf und putzte den Staub von seiner Krone. Er setzte seinen blechernen majestätischen Blick auf.

„Ist ja gut, ist ja gut. Entschuldigen Sie bitte vielmals, Majestät von und zu Dose!" Gespielt unterwürfig mit Hofknicks beugte Talko seinen Kopf so tief herab, dass er an den Boden stieß. Talkos Stelzenbeine knickten dabei fast bis zum Boden ein, so lang waren sie.

Ein Kichern ging durch die Runde. Die Stimmung besserte sich.

„Wir werden den Flugtragdingsda … ähm, ich meine Flugo, wie eine Rakete in den Himmel schießen!", brüllte Döschen.

„Genau, das meine ich auch!", pflichtete Talko Döschen bei.

„Wir schauen uns Flugos inneres Gedöns an, Tom. Wir werden dieses Ding in Bewegung setzen … oder, Fred?"

Fred nickte. „Das wäre doch gelacht! Wir kommen dann nach."

„Wir halten Kontakt über Gotschi!" Damit war alles gesagt.

Magische Energie breitete sich unter den Freunden aus. Das unsichtbare Band der Freundschaft würde sie für immer zusammenhalten.

Oma Traudich

Zum Glück fingen in einigen Tagen die Sommerferien an. Von der Ferienlaune der vergangenen Jahre war jedoch nichts zu spüren. Die Leichtigkeit verschwand. Aber es schaffte genügend Freiraum für ihre Mission, die Welt zu retten und Deponien zu finden. Das reichte als Ferienprogramm völlig aus.

Fyllie, Christian, Tom und Olli besuchten wie in den letzten Jahren Oma Traudel in Hebbersblechle. Ein Ort, so klein, bremste man nicht rechtzeitig, war man hindurchgefahren.

Die Kinder verbrachten seit nunmehr drei Jahren einen Großteil ihrer Ferien dort. Ihr Plan ließ sich wunderbar mit dem Besuch bei „Oma Traudich" verbinden, dann würden ihre Eltern nicht ständig wissen wollen, was gerade so angesagt war.

Eigentlich hieß Oma Traudich Oma Traudel, aber sie wurde von allen, die sie kannten, Oma Traudich genannt! Oma Traudich war überaus mutig. Sie hatte vor nichts und niemandem Angst. Sie bestärkte „ihre" Kinder, die Dinge im Leben selbst in die Hand zu nehmen. „Trau dich! Wenn du es nicht tust, tut es keiner!" Das war ihre Devise.

Dies betraf auch alle praktischen Dinge des Lebens. Christian baute mit Olli sein eigenes Baumhaus in Oma Traudichs riesigen Apfelbaum. Tom tüftelte mit Olli in Opa Ingolfs Garage, die allerhand Schätze aus seinem langen Leben beherbergte. Ein verschrottetes einmotoriges Flugzeug aus dem zweiten Weltkrieg war die Krönung der Sammlung und eine unendliche Fundgrube für ihre Experimente. Toms größter Traum war ein Flugobjekt auszutüfteln, das, wenn vielleicht auch nur kurz, den Boden verlassen würde. Daraus war die Idee entstanden, Flugo zu bauen.

„Mach es einfach, trau dich!", sagte Oma Traudich wieder. Eigentlich war Oma Traudich Fyllies Oma, aber die Kinder waren ihr inzwischen alle an das gütige Herz gewachsen.

Sie konnte die allerbesten Pfannkuchen² backen. Es gab jeden Tag Pfannkuchen. Aber sie schmeckten jeden Tag anders! Mal nach Äpfeln und Nüssen oder Schinken und Käse.

---

2) Oma Traudich's Pfannkuchenrezept gibt es im Anhang zu diesem Buch

Der knusprige Rand knirschte leise zwischen den Kinderzähnen und oft tropfte der Saft aus den Kindermündern. Es ließ sich nicht immer ergründen, welche Zutaten Oma Traudich verwendete. Manchmal legte sie beiläufig ein paar von ihren selbstgezogenen Kräutern in die große Pfanne und murmelte etwas vor sich hin.

Christian ertappte sie einmal dabei und fragte: „Oma Traudich, was ist das für ein Gezottels da vorne in der Pfanne?"

Oma Traudich schmunzelte: „Vitamine, mein Junge, Vitamine."

Wenn das Wetter es zuließ, schmorten sie draußen in einer großen Pfanne hinter dem Haus auf dem Lagerfeuer. Fyllie und die anderen spielten in dieser Zeit meist im Garten, um die leckere Mahlzeit nicht zu verpassen.

Ob Oma Traudich verstehen würde, wie wichtig ihre Mission war?

„Oma Traudich lässt uns niemals im Stich!" Dessen war sich Fyllie hundertprozentig sicher.

Aufbruch!

Morgens um fünf Uhr trafen alle vier Reisenden pünktlich am Schrottplatz ein: Tom, Olli, Christian und Fyllie. Sie waren mit ihren Rädern unterwegs, denn danach ging es weiter zum

Bahnhof. Pünktlich um sechs Uhr zehn würde der Zug nach Hebbersblechle abfahren.

„Na, seid ihr auch so aufgeregt wie ich?"

Aus Müllis Nase sprühten kleine Funken. Ihre Nase wechselte ständig die Farbe, weiß, lila und heute sogar leicht grünlich.

„Deine Nase ist ja grün, Mülli!"

„Ja, grün ist die Hoffnung und die soll man ja nie aufgeben."

„Wir werden Deponien suchen und ich bin ganz sicher, wir werden es finden!", murmelte Schrotte in sich hinein.

Die Kinder hatten neben ihren Rucksäcken eine Kiste mitgebracht. Dort wollten sie Mülli und Schrotte während der Zugfahrt zu Oma Traudich verstecken. Tom hatte einen Fahrradanhänger aufgetrieben, worin diese Kiste stand und forderte nun Mülli und Schrotte auf, in ihr Platz zu nehmen.

„Die ist viel zu klein", meckerte Mülli vor sich hin. „Ich kann Flitzpiepe schließlich nicht zusammenklappen."

Sofort wisperten zarte kleine Stimmen zwischen den Floddern von Flitzpiepe, die kurz darauf wieder Seifenblasen produzierte. Währenddessen sammelte Schrotte seine Arme und Beine ein, um eine geeignete Sitzposition in der Kiste zu finden.

„Seid ihr fertig?" Tom grinste und schloss den Deckel.

Flitzpiepe zitterte, da die Hexenmädels vor Angst mit den Zähnen klapperten. Sie fanden, dass in der Kiste wenigstens ein kleines Fenster hingehört hätte, um etwas Licht hineinzulassen.

„Kommt, Mädels! Das schaffen wir schon", sprach Mülli beruhigend auf die Kleinen ein.

„Hoffentlich müssen wir hier drin nicht zu lange schmoren", dachte Mülli allerdings skeptisch, ließ sich aber nichts anmerken.

„Flitzpiepe und ich passen auf euch auf. Da kann euch gar nichts passieren."

Bestätigend ließ Flitzpiepe einige wenige Seifenblasen ab.

„Erst wenn wir zweimal an die Kiste klopfen, dürft ihr euch vorsichtig rühren, okay?", befahl Tom. „Das ist ganz besonders wichtig. Wir wollen schließlich niemanden erschrecken." Er wusste, wie ungeduldig Mülli werden konnte und wollte auf Nummer sichergehen.

Sie schwangen sich auf ihre Räder und radelten eilig in Richtung Bahnhof. Niemand würde sie fragen, warum sie ohne Erwachsene und wohin sie unterwegs waren. Die Tickets für die Fahrt, die Sitzplätze und den Fahrradbehälter hatte Tom im Netz über sein Gotschi reserviert. Mit dem Betreten des Bahnhofes hielt Tom sein Gotschi an den Scanner, eine Schranke öffnete sich und alle huschten schnell hindurch.

„Keine Sorge, Fyllie, der Personenzähler funktioniert einwandfrei", beruhigte Tom Fyllie, da sie misstrauisch auf den Zähler der Schranke starrte.

Fyllie fröstelte. Im Bahnhof gab es nur schnurgerade glatte, meist gläserne, im Licht spiegelnde Wände und Decken. Aus den Ecken schauten Kameras auf sie herab, die jede ihrer Bewegungen aufzeichneten. Flitzpiepes Stiel ragte aus der Kiste heraus, das ließ sich nicht ändern. Solange Mülli brav in der Kiste ohne jeglichen Laut sitzen würde, hatten sie nichts zu befürchten.

Durchsagen für die Fahrgäste hallten regelmäßig durch die künstliche Luft. Sie durchquerten die riesige Eingangshalle. Schalttafeln flimmerten grell und präsentierten die aktuellen Abfahrtzeiten oder Verspätungen. Tom entdeckte den Zug nach Hebbersblechle mit unveränderter Abfahrtzeit.

„Kommt, dort hinten sind die Fahrradbehälter."

Ihre Schuhe klackerten über den glatten, synthetischen Boden in Richtung Abstellplatz. Tom und Olli hoben vorsichtig die Kiste aus dem Anhänger, bevor sie ihn mit den Rädern in den Fahrradbehältern verstauten. Die Kiste trugen Fyllie und Tom mit Christian im Schlepptau zu Gleis 14. Fred hörte die surrenden Kameras, die jede ihrer Bewegungen verfolgte. Wie unheimlich und wer wollte das alles wissen?

An Gleis 14 würde in wenigen Minuten ihr Zug einlaufen. Stumme erwachsene Gestalten, die starren Blickes auf ihr Gotschi glotzten, begegneten ihnen. Erstaunlicherweise stolperte niemand über ein Laufband oder eine Treppenstufe. Ohne den Blick abzuwenden, setzten sie sicher einen Schritt vor den anderen und gingen ihre scheinbar ausgetretenen Wege.

„Komisch ist es hier", meinte Christian leise und griff nach Fyllies Hand.

Auf einer großen elektronischen Wand mühte sich ein hübsches lachendes Mädchen ab, ihre Vitaminpillen anzupreisen. Sie hatte feuerrotes Haar und eine weiße, fast durchsichtige Haut. Nach wenigen Sekunden folgte der nächste Werbespot. Über den Bildschirm flimmerte ein fetter Burger, der vor einer Meute hungriger Leute, die zähnefletschend hinter ihm her tobten, wegrannte.

„Das macht wirklich Sinn, erst einen Haufen Pillen schlucken und dann den fettesten Burger wegfuttern!", regte sich Olli auf.

„Wer Werbung bezahlt, der verkauft! Alles wird kontrolliert und gesteuert!", wusste Tom. Sein Vater erzählte ihm immer von seiner Arbeit, wie schwer es zeitweise ist, Waren mit Qualität bei seinen Kunden zu verkaufen. Sein Vater hatte eine tolle Erfindung gemacht, die mit entsprechender finanzieller Unterstützung sehr Erfolg versprechend hätte sein können. Die Konkurrenz machte ihm jetzt allerdings das Leben schwer, nachdem Toms Vater nicht bereit war, sein Wissen abzugeben.

„Alles Humbug! Wenn wir Oma Traudichs Pfannkuchen essen, haben wir genug Vitamine. Hat Oma gesagt!", meinte Christian stolz.

„Wer will denn dann noch Burger?", betonte Tom.

Die anderen stimmten ihm zu. Bei dem Gedanken an die herrlichen „Oma-Traudich-Pfannkuchen" lief ihnen schon das Wasser im Mund zusammen.

Endlich! Die Einfahrt zeigte grün, der Zug würde jeden Moment eintreffen, der sie in ein unbekanntes Abenteuer lotsen würde. Fast lautlos erreichte der Zug Bahngleis 14 und stand von einer Sekunde auf die andere still. Die Türen öffneten sich vor Tom und Olli, in der Mitte stand die Kiste mit Mülli und Schrotte, die bislang keinen Ton von sich gegeben hatten.

Sie betraten geschlossen das Abteil.

„Müssen wir die Karten nicht stempeln?", fragte Olli. „Meine Oma hat mir erzählt, dass so Knipps-die-Karten-ab-Automaten am Eingang stehen."

„Alles Schnee von gestern", meinte Tom kurz.

Das Abteil war leer, daher hatten sie freie Platzwahl. Die Sitze knisterten.

„Hört ihr das? Unsere Sitze schmatzen", lachte Christian.

Fyllie steckte den Kopf unter ihren Sitz. Sie entdeckte an der Naht einen kleinen Aufdruck. Dort stand: „Made by Raffgau und Gier AG".

„Ach, die kennen wir doch!" Fyllie war aufgebracht. Die anderen wurden ebenfalls hellhörig.

„Die Sitze kommen aus Raffgau und Giers Recyclinganlage. Wer weiß, worauf wir sitzen. Ich mag es mir gar nicht ausmalen", erwiderte Tom zornig. Was machten die Menschen nur aus „ihrer" Welt? Hauptsache die Kohle stimmte!

Fyllie ließ sich die Laune nicht verderben. Zu hoffnungsvoll blickte sie in die Zukunft. Sie würden etwas unternehmen.

„Zuerst suchen wir Deponien und dann werden wir die Welt retten … oder umgekehrt!" Dies dachten alle.

Stillschweigend saßen sie im Abteil, bis die Station Hebbersblechle nahte. Sie vergaßen sogar, Mülli und Schrotte das Klopfzeichen zu geben. So war von den beiden nichts zu sehen und zu hören, zu Müllis Leidwesen. Sie dampfte schon ungeduldig vor sich hin. Aber sie hatte hoch und heilig versprochen, ganz still zu sein, bis das Zeichen käme. Sie hatte – wie Schrotte – dem Gespräch zugehört. Sie konnte es nicht verhindern, aber eine dünne Rauchschwade bahnte sich den Weg durch ein Astloch der Kiste, doch niemand bemerkte es.

Zweite Heimat Hebbersblechle

Oma Traudich wartete bereits mit Hila am Bahnhof Hebbersblechle auf ihrem Traktor am einzigen Bahngleis. Er tuckerte vor sich hin, Motor abstellen wäre kritisch gewesen, da man nie wusste, ob er wieder problemlos startete.

Fyllie sah Oma Traudichs Traktor als Erste.

„Dieses alte klapprige Ding", dachte Fyllie. „Irgendwann bricht er einfach auseinander."

Fyllie lehnte sich so weit es ging aus dem Fenster und wedelte heftig mit den Armen zur Begrüßung.

„Hallo Oma Traudich! Hier sind wir!", brüllte Fyllie ihrer lieben Oma zu. Oma Traudich strahlte über das ganze Gesicht. Endlich hatte sie „ihre" Kinder wieder!

Außer ihnen stieg niemand an dem kleinen Bahnhof in Hebbersblechle aus.

Oma Traudich kam ihnen entgegen geeilt und umarmte sie. Ihre Arme waren so lang, sie umschlang alle Kinder auf einmal und drückte sie fest an sich. Freudig erregt quatschten sie wild durcheinander, so wie in den vergangenen Jahren, wenn sie in Hebbersblechle eintrafen. Hila bewachte inzwischen den Traktor. Sie hatte fast die Größe eines Dackels und lag gemütlich mit ihrem schneeweißen flauschigen Fell auf dem rechten nicht ganz so verrosteten Kotflügel des Traktors und genoss die Sonne. Im Mundwinkel schaute ein Gänseblümchen hervor, auf dem sie genüsslich lutschte. Dies wäre eigentlich nichts Besonderes. Aber Hila war ein Kaninchen!

Sie wedelte meistens mit ihrer Blume wie ein Hund, wenn sie sich freute und grunzte, dem Schnurren einer Katze ähnlich, vor sich hin, wenn Fyllie sie kraulte. Wenn Oma Traudich nach ihr rief, kam sie herbeigespurtet, um zu sehen, was los war.

„Ich glaube, sie könnte auch sprechen, wenn sie wollte", meinte Fyllie.

Hilas Mimik ließ oft darauf schließen, was in ihrem Kopf vorging, da waren Worte nicht mehr nötig. Sie freute sich ebenfalls über den kunterbunten Besuch und eine schöne Zeit. Sie grinste, als die Kinder näherkamen und sprang freudig in den Anhänger, der für sie alle und das Gepäck vorgesehen war.

„Meine liebe Hila!" Fyllie umarmte sie und knetete Hilas Ohren.

„Kommt, packt alles auf den Anhänger und dann ab nach Hause. Die Pfannkuchen warten schon. Ich habe sie im Backofen warmgestellt", teilte Oma Traudich kurz mit und hüpfte auf ihren Traktor. Bei ihrer Leibesfülle schon ein kleines Kunststück.

Die Kinder waren froh, die warme Sonne auf der Haut zu spüren, als sie kreuz und quer im Anhänger lagerten, der blaue Himmel mit den weißen Tupfen der Sommerwolken über ihren Köpfen. Hila wälzte sich von einem zum anderen und begrüßte jeden auf Hila-Art. Dies bedeutete mit den Hinterläufen bestampft und mit der Nase benäselt zu werden. Schmetterlinge, Bienen und allerlei Getier begleiteten den Traktor und tanzten über ihren Köpfen. Vögel zwitscherten und Hila ließ schließlich ihren Kuschelkörper zwischen die Kinder fallen. Sie grunzte Christian an und stupste ihn mit der Nase. Christian juchzte und vergaß für einen Moment, weshalb sie diesmal hier waren. Wohlig schnurrte Hila, als Christian in ihrem Fell herumwühlte.

„Wir haben Mülli und Schrotte ganz vergessen!", flüsterte Tom in Fyllies Ohr.

„Oh, du hast recht. Schau, es dampft schon aus der Kiste." Fyllie zeigte auf das dampfende Astloch. Tom klopfte zweimal und blitzschnell erschien Müllis braunviolette Nase.

„Das wurde aber allemal Zeit!", schnaubte sie ungeduldig.

Schrottes neuritterlicher Dosenhut schob sich vorsichtig über den Rand der Kiste. Seine Schraubenaugen blinzelten in die Sonne. Er hatte eine Beule auf der Stirn und seine Glieder waren steif gesessen. Es dauerte eine Weile, bis er herausgekrochen kam.

Oma Traudich bekam von alledem nichts mit, da der Traktor laut ratternd die Straße entlangfuhr und sie auf den Verkehr achten musste. Hila staunte und ihr Fell sträubte sich, als sie die beiden erblickte. Nein, Kinder waren dies sicherlich nicht. Was würde Oma Traudich sagen? Ob sie von den beiden wusste? Wenn die Kinder die beiden mitgebracht hatten, schienen sie vielleicht ganz in Ordnung zu sein. Neugierig, aber zurückhaltend musterte sie die Neuen.

Hexe Mülli war zuerst beleidigt, dass sie so lange in der Kiste ausharren musste. Aber als sie in die fröhlichen Kindergesichter blickte, war sie bald wieder besänftigt. Hier sah alles anders aus. Kein Haus war weit und breit zu sehen und grüne Wiesen säumten den Weg. Mülli ließ den warmen Sommerwind durch ihre Flodderhaare wehen und genoss ebenfalls die entspannte Fahrt. Flitzpiepes Floddern standen in alle Himmelsrichtungen. Müllis Hexenschar streckte ihre Gliedmaßen aus, bevor sie wieder in den Floddern verschwanden.

Endlich war Oma Traudichs Haus in Sicht. Verwinkelt gebaut, lehnte es an einer Felswand. Oma Traudich hatte immer wieder Ideen, wie sie ihr Haus verschönern oder vergrößern konnte. Wenn es ihr zu eng wurde, dann mauerte sie einfach ein weiteres Zimmer auf das Dach. Es war einfach einzigartig, so wie Oma Traudich einzigartig war.

Unmittelbar neben ihrem Häuschen lag eine Höhle, die durch einen schmalen Eingang erreichbar war. Im Sommer schliefen die Kinder hier auf Strohballen und draußen flackerte in der Nacht ein Lagerfeuer. Bei sternenklarer Nacht hatte man einen herrlichen Panoramablick ins Tal. Die Kinder, Hila und Opa Ingolf liebten es. Dann erzählte Oma Traudich spannende Geschichten beim Pfannkuchenessen.

„Jede Geschichte hat einen wahren Kern", sagte sie immer und sah in die gespannten Kindergesichter.

„Stellt eure Sachen in die Kaverne, die Strohballen sind schon fertig! Es ist alles vorbereitet, meine Lieben", rief Oma Traudich ihnen zu.

„Wir sollten nicht lange warten, bis wir Oma Traudich alles erzählen, so wie geplant, oder?", fragte Fyllie in die Runde.

Die anderen nickten zustimmend.

„So, meine Lieben. Die Pfannkuchen sind in der Küche auf dem Tablett. Fyllie und Tom, holt ihr sie?"

„Aber hast du nicht vorhin gesagt, sie stehen im Ofen?", fragte Fyllie unsicher nach.

„Vorhin standen sie noch im Ofen, aber jetzt auf dem Tablett. Ihr habt doch Hunger, oder?"

Was für eine Frage! Tom und Fyllie stürmten in die Küche. Schon auf dem Weg duftete es unwiderstehlich und undefinierbar.

„Oh, wie habe ich das vermisst", seufzte Fyllie und sog den feinen Geruch in die Nase.

„Christian und Olli, kommt, wir holen den Apfelpunsch. Er ist ganz frisch."

Kurz darauf saßen sie vor dem Haus und brachen den Rekord im Pfannkuchenschnellessen des vorigen Sommers, als Tom begann, die ganze Geschichte von Hexe Mülli und Schrotte von A bis Z zu erzählen.

Mülli und Schrotte mussten sich bei der Ankunft in Hebbersblechle wieder in die Kiste quetschen. „Regt euch nicht auf, es ist nur noch für kurze Zeit", redete Fyllie beschwichtigend auf die beiden ein.

Endlich!

„Mülli! Schrotte! Ihr könnt kommen!", riefen die Kinder im Chor, froh, dass endlich alles raus war, als Tom seinen Vortrag beendet hatte.

Mülli sauste mit Schrotte auf Flitzpiepe knapp über ihre Köpfe hinweg.

Oma Traudich machte große Augen und lachte. „Mensch, Kinder, das ist ja fantastisch, was ihr alles erlebt." Sie beobachtete begeistert Müllis ersten Flug in Hebbersblechle.

„Hallo Hexe Mülliane und Graf Schrottus!"

Sie betrachtete die beiden aus der Nähe und drückte Müllis Plastikhand, die leise knisterte. Oma Traudichs Armreif klapperte gegen Schrottes Metallarm. Sie legte ihre Hand in seine … Seltsam, sie fühlte sich warm an.

„Es ist ein Wunder", dachte sie zuerst, „aber wen wundert es schon."

Diese Kinder waren einfach klasse!

„Endlich wieder frei", dachte Mülli.

Oma Traudich fragte sie und Schrotte noch Löcher in den Bauch, denn sie wollte alles ganz genau wissen.

Abends schauten sie noch lange in das Lagerfeuer und diskutierten über die guten und schlechten Dinge, die die Welt bewegten. Es wurde spät, denn sie beratschlagten auch, was nun zu tun sei.

„Weißt du, Mülli, ich habe immer auf meinen Bauch gehört. Dort sitzt meine innere Stimme." Oma Traudich zeigte auf die runde Wölbung ihres Bauches.

„Deine Stimme braucht aber viel Platz!", rutschte es Mülli spontan heraus und sie lachte heftig.

„Ja, Mülli. Du hast recht!" Oma Traudich schüttelte sich ebenfalls vor Lachen, sodass der Bauch heftig auf und nieder wackelte. „Meine innere Stimme ist in den letzten Jahren ganz schön gewachscn!", gluckste Oma Traudich. „Als ich vor vielen Jahren durch die Welt gewandert bin, hatte ich keine Zeit, Speck anzusetzen."

„Wo bist du denn überall gewesen?" Mülli liebte Erzählungen über die Welt, die so viel Spannendes und Neues für sie bereithielt. Auch Schrotte lauschte gespannt Oma Traudichs Worten.

„Dort, wo mich mein Bauchgefühl so hingeführt hat. Zuerst war ich in Afrika. Ich liebe Elefanten. Eine Elefantenherde in der freien Wildnis zu beobachten, ist sehr außergewöhnlich. Dieser Zauber, der von diesen gewaltigen Tieren ausgeht, hat mich ganz in den Bann gezogen. Die Wüste war eine große Herausforderung für mich. Bei Tag höllenheiß und nachts frostig kalt. Als ich dann durch den Dschungel gekraxelt bin, kam mir Opa Ingolf entgegengekraxelt. Es war Liebe auf den ersten Blick!" Dabei streichelte sie zärtlich Opa Ingolfs Hand.

Er lächelte.

„Wir machten uns gemeinsam auf den Weg nach Amerika. Dafür mussten wir auf ein Schiff, um den Atlantik zu überqueren. Wir hatten kein Geld und heuerten als Babysitterin und Techniker an. Ich entdeckte meine Liebe zu den Kindern, wobei, da waren auch ganz schöne Rabauken dabei! Ingolf wurde innerhalb kürzester Zeit die rechte Hand des Maschinenwarts. Eine turbulente und schöne Zeit. So viele unterschiedliche Menschen aus der ganzen Welt, die es nach Amerika zog, um dort ihr Glück zu machen. Amerika ist so unglaublich groß und überall anders. Die unendlichen Weiten der Natur, so weit das Auge reicht. Kein Haus, keine Straßen. Wälder, Wiesen, so bunt, Bäche so klar, dass ich es in Worte nicht fassen kann. Aber auch Städte mit furchtbar riesigen Häusern, die an den Himmel stoßen. Die Erde ist ein schillernder Juwel, der durch das Universum zieht. Leider erkennen nicht alle, wie wertvoll und besonders sie ist. Ein Geschenk an uns Menschen. Den

Naturvölkern ist der ursprüngliche Gedanke und das Gefühl für die Welt noch am nächsten. Viele Menschen in der zivilisierten Welt, in den Städten, sind unzufrieden. Ihnen sind ein protziges Auto, schicke Kleidung und Geld am wichtigsten. Aber die Natur und die einsamen Herzen sehen sie nicht. Meistens sind sie selbst sehr einsam."

„Ja, du hast recht. Das ist genau die Erfahrung, die Mülli und ich im vergangenen Jahr am eigenen Leib erfahren haben", pflichtete Schrotte mit Sorgenfalten auf der blechernen Stirn Oma Traudich bei.

Mülli nickte schweigend. Sie hatte Schrottes Ausführungen nichts hinzuzufügen. Ihre Nase blitzte lila.

„Warum sind die Menschen denn oft so komisch?" Christian beschäftigte das Gehörte sehr.

Schweigen. Darauf hatte niemand von ihnen eine Antwort.

„Nach fünf Jahren zog es uns zurück in die Heimat nach Deutschland. Dieses Fleckchen in Hebbersblechle stand zum Verkauf. Wir bauten gemeinsam unser Traumhaus, nicht wahr, Ingolf?"

Ingolf nickte und lächelte noch immer. „Und es wird nie fertig, nicht wahr, Traudel?"

„Ja, manchmal wird es mir zu eng, dann brauche ich noch ein Zimmer. Wir haben genügend Platz für einen weiteren Ausbau."

Ingolf grinste verschmitzt.

Oma Traudich stand wie erwartet hinter den Kindern, Mülli und Schrotte.

„Ich glaube, ihr könnt es schaffen! Ich werde hier die Stellung halten, sobald ihr Richtung Raffgier aufgebrochen seid. Folgt eurer Intuition und haltet Augen und Ohren offen. Der Hinweis, wo Deponien ist, wird bestimmt auf eurer Reise seine Offenbarung finden."

„Hat das gerade dein Bauch gesagt?", wollte Christian wissen.

„Das sagt er mir schon die ganze Zeit, deswegen muss ich es euch erzählen. Sonst bekomme ich noch Magengrummeln", antwortete Oma Traudich auf Christians Frage.

„Eure Eltern werde ich darüber informieren, dass sie am besten mich anpiepen, da hier in der Natur Gotschis Kindern nur lästig sind. Das werden sie schon verstehen. Überlasst das ruhig mir! Später komme ich mit Fred und den anderen nach."

Fyllie, Tom und Olli lauschten Oma Traudichs Worten und stimmten ihr zu. Sie vertrauten „ihrer" Oma.

Die Flammen des Feuers züngelten in die Nachtluft und deuteten auf einen herrlich klaren Sternenhimmel, der den vertrauten schönen Blick in das Tal freilegte.

Müdigkeit machte sich auf einmal breit, sodass Oma Traudich alle sanft, aber bestimmt ins Bett schickte.

Sie hatte von den radikalen Schließungen der Schrottplätze und Deponien gehört, die völlig unerwartet und oft geheim vonstatten gingen. Was in den neuen Fabriken, die teilweise über Nacht hochgezogen wurde, geschah, davon drang nichts an die Öffentlichkeit. Der Müll wurde nur noch in einem Behälter abgeholt. Dies bereitete ihr schon seit einer Weile Unbehagen. Informationen über diese Neuerungen gab es keine. Jetzt gab alles einen Sinn. Die Raffgau und die Gier AG führten nichts Gutes im Schilde. Sie, Oma Traudich, würde ihren Kindern helfen und sie beschützen.

Das Stroh knisterte noch ein wenig, dann waren die Kinder zufrieden auf ihrem Strohlager eingeschlafen. Hexe Mülli und Graf Schrotte noch putzmunter, leisteten Oma Traudich und Opa Ingolf noch bis in die frühen Morgenstunden Gesellschaft. Oma Traudichs Erzählungen aus ihrem Leben schienen unerschöpflich zu sein. Mülli und Schrotte lernten viel in dieser Nacht über die Welt und die Menschen. Obwohl die Menschen, da waren sich Mülli und Schrotte einig, unterschiedlicher nicht sein konnten.

Es gab eben gute und leider auch weniger gute.

Wo ist Deponien?

Am nächsten Morgen warteten Mülli und Schrotte schon ungeduldig. Sie brauchten keinen Schlaf. Sie hatten, als Oma Traudich und Opa Ingolf zu Bett gingen, noch viel Zeit, um darüber nachzudenken, wo Deponien denn nun sein könnte.

Als die Sonne endlich aufging, kam Bewegung in die Kaverne. Oma Traudich brachte Pfannkuchenfrühstück. Während die Kinder gemütlich auf ihren Strohballen aßen, interessierte sich Oma Traudich für Müllis Flitzpiepe.

„Wie funktioniert eigentlich deine Flitzpiepe?", fragte sie.

Flitzpiepe präsentierte sich stolz mit wehenden Floddern und einigen Seifenblasen von allen Seiten. Das eine oder andere Hexenaugenpaar linste erwartungsvoll durch die Floddern und beobachtete Oma Traudich nicht weniger neugierig.

„Zu gerne würde ich mit dir einen kleinen Flug riskieren. Kann ich eine Runde mit dir fliegen?"

„Wenn du dich traust?" Mülli musste über ihre eigenen Worte lachen.

„Oma Traudich traut sich was! Ja, komm mit, Flitzpiepe wartet schon. Und dann los!"

Spontan nahm Oma Traudich die verlockende Einladung an und sprang flott hinter Mülli und schon ging es steil in den Himmel hinauf. Oma Traudich stand in Müllis Windschatten, so wie Fyllie es immer tat.

„Komm, Hila", rief Oma Traudich Hila im Vorbeiflug zu, aber die zog ihre Ohren über die Augen, streckte ihre Blume wie ein Stoppschild senkrecht in die Luft und schüttelte heftig den Kopf. Hila wollte erst einmal zusehen, bevor sie einen solchen Schritt wagte. Opa Ingolf fiel ebenfalls vor Staunen die Kinnlade herunter. Seine Traudel war immer wieder für Überraschungen gut. Aber so war sie nun mal. Schrotte blieb vor der Kaverne sitzen und blinzelte in die Sonne.

„Schaut mal her! Oma Traudich traut sich was!", rief Fyllie den Jungs zu, als die beiden auf Flitzpiepe vorbeidüsten.

Mülli und Oma Traudich brausten durch den frischen Morgenwind, flitzten über Haus und Garten, um dann höher in die Lüfte abzuheben.

„Hui, wie toll, wie funktioniert das, Mülli? So eine Flitzpiepe könnte ich auch gebrauchen!" Oma Traudich war hin und weg.

„Flitzpiepe ist einmalig."

„Ich habe da noch ein gutes Stück. Selbst gebaut. So wie ich ihn am besten brauchen kann."

Oma Traudich ging noch mehr in die Hocke, damit Flitzpiepe noch schneller wurde.

„Nur fliegen kann er leider nicht!", überlegte Oma Traudich.

„Da lässt sich bestimmt etwas machen!", Mülli blickte über ihre Schulter schelmisch zu Oma Traudich, die Müllis Kleid festhielt, um nicht von Flitzpiepes Fahrtwind davongepustet zu werden. „Du bist eine ganz besondere Oma. Du fühlst wie ich, Ungerechtigkeit geht dir genauso gegen den Strich wie mir!", sagte Mülli direkt.

Sie flogen jetzt über den Wolken, weit ab von Hebbersblechle, sodass niemand ihr Gespräch hören konnte. Mülli bremste in der Luft und schaltete einen Gang herunter, damit sie Oma Traudich besser verstehen konnte.

„An meine Kinder darf nichts drankommen, weißt du!", Oma Traudich wurde ernst. „Versprich mir, dass du und Schrottus gut auf sie aufpassen werdet. Mit Raff und Gier ist nicht zu spaßen. Das habe ich im Gefühl!"

„Wir werden jeden Schritt sorgfältig planen, Oma Traudich. Bestimmt!", versprach Mülli hoch und heilig.

„Dann ist es gut!" Oma Traudich ließ ihren Blick über Müllis Flitzpiepe gleiten. „Flitzpiepe ist wirklich spitze! Mein Besen ist aus feinstem Reisig und Holz gemacht."

„Kannst du denn nicht hexen?", wollte Mülli wissen.

„Hexen würde ich das nicht nennen. Eher steuern, beeinflussen oder lenken. Kannst du mir nicht ein paar Hexentricks zeigen?" Oma Traudich brannte darauf, mehr zu erfahren und wollte in Müllis Hexenkunst eingeweiht werden. Die Geheimnisse der Hexerei zogen sie mehr und mehr in den Bann. Früher interessierte es sie weniger und heute hatte sie keine Gelegenheit mehr, neue Hexereien kennenzulernen. Man wusste nie, wofür man das alles gebrauchen konnte.

„Ist gut. Heute Abend, wenn die Kinder schlafen. Morgen soll es ja schon losgehen."

„Ja, es wird Zeit!", sagte Oma Traudich und umklammerte Mülli noch fester, denn sie legte gerade den Turbogang ein.

„Dann brauchst du allemal einen funktionstüchtigen Besen!" Mülli würde sich der Sache annehmen.

Sie flog eine scharfe Kurve und segelte zügig wieder zurück nach Hebbersblechle herab.

Nachdem das Frühstück beendet war, packten die Kinder ihre Sachen und bereiteten ihre Abreise vor. Schrotte polierte sein Blech, bis es glänzte, und ölte die Scharniere, denn wer weiß, wann er wieder dazu kommen würde. Frisch geölt überstand er ein bis maximal zwei Regengüsse.

Die Eltern wurden über Gotschi für die nächsten zwei Wochen verabschiedet. Bis dahin wollten und mussten sie Deponien finden.

„Ja, Mama ... mach ich, Mama! Ja, abends ziehe ich eine Jacke an ... Gemüse esse ich bei Oma Traudich sowieso. Du kannst Oma Traudich anrufen, wenn du willst. Mein Gotschi fällt sonst noch ins Wasser. Ja, ... ist okay. So, Mama, ich muss Schluss machen. Wir haben noch viel vorzubereiten! Ähm, ... ja für unsere Tour natürlich. Was sonst? Tschüss, Mama, tschüss, tschüss!" Olli stand nach dem Telefonat mit seiner Mutter der Schweiß auf der Stirn.

„Olli, Olli! Du redest dich noch um Kopf und Kragen!" Tom schüttelte lachend den Kopf.

„Meine Mutter meint eben, dass ich ohne sie nicht mal meine Schuhe binden kann. Und sie ist es nicht gewöhnt, so lange ohne mich zu sein", meinte Olli kleinlaut.

„Dann wird sie sich noch wundern, oder?", meinte Tom darauf. Tom legte seinen Arm um die Schulter seines besten Freundes.

„Du bist mein bester Freund und darauf bin ich stolz. Ohne dich wäre ich nur halb!" Dem sonst so wortgewandten Tom fielen diese Worte direkt aus seinem Herzen vor Ollis Füße.

Olli entfuhr darauf: „Ich auch!" Sie verstanden einander ohne große Worte und spürten die Seele des anderen.

Es wurde geredet, gepackt und natürlich wieder eine große Portion knuspriger Pfannkuchen geschmaust.

„Oma Traudich, hast du wieder Gezottels und Gestrüpps in die Pfannkuchen gesteckt?", wollte Christian wissen.

„Nur leckeres und gesundes Gezottels!", antwortete Oma Traudich amüsiert.

Abends, als alle schliefen, wollte Mülliane Oma Traudichs treuen robusten Besen „beleben", wie sie es nannte. Wer weiß, er würde Oma Traudich bestimmt gute Dienste leisten! Schrotte sollte einen Blick auf die Kinder werfen, damit Mülli die Zeremonie durchführen konnte. Beide gingen ins Wohnzimmer des verwinkelten Hauses, da dort der meiste Platz war und sie die Kinder nicht stören würden.

„Wir schaffen es nur gemeinsam", meinte Mülli. „Gut ist, dass du ihn selbst gemacht hast. Der Besen ist somit ein Teil von dir. Hast du irgendetwas aus Plastik? Ich brauche Plastik, sonst wirkt mein Hexenspruch nicht", sagte Mülli, während sie ihr Hexengotschi herauszog.

„Schwierig, ich vermeide Plastik, wo es geht, da es umweltschädlich und nicht biologisch abbaubar ist. Nichts gegen dich, Mülli!" Oma Traudich schaute freundlich zu Mülli herüber.

„Ist schon okay, dann lebe ich wohl für immer, oder? Bin halt nicht kleinzukriegen." Mülli nahm es locker zur Kenntnis.

„Ich habe einen alten gelben Regenmantel. Das alte Ding ist eh' schon voller Löcher. Den können wir verwenden."

Eilig sprang Oma Traudich in den Schuppen, der neben dem Haus stand. Es rumpelte und kurz darauf erschien sie mit dem besagten Mantel.

Mülli konzentrierte sich auf den alten Regenmantel, murmelte etwas Unverständliches und fuchtelte mit Flitzpiepe in der einen und dem Hexengotschi in der anderen Hand irgendwelche Zeichen in die Luft. Ihre Nase war an der Spitze dunkelgrün, ihre Nasenflügel leuchteten türkis. Ein Funkenregen ergoss sich über den Regenmantel und alles verschwand in aufsteigendem Nebel. Schrotte kannte diese Prozedur und erwartete gespannt das Ergebnis der müllischen Hexerei.

Oma Traudich versuchte einen Blick zu erhaschen, was gerade vor sich ging. Das war im Nebel und Funkenregen aber unmöglich. Mülli senkte die Arme, der Funkenregen erlosch und der Nebel lichtete sich. Der alte Regenmantel war fort, stattdessen lag ein Berg schönster Blumen auf dem Teppich. Mülli schnipste mit der rechten Hand und wie von Geisterhand schmückten die Blüten Oma Traudichs Besen.

„Wie schön, Mülliane!" Oma Traudich war begeistert. Sie strich über die Blüten, sie knisterten leise.

„Ein gutes Zeichen", dachte Mülli.

Tatsächlich, sie waren aus Plastik. Für das bloße Auge von einer natürlichen Blüte nicht zu unterscheiden.

Schrotte staunte ebenfalls. „Mülli, du hast dich wieder mal selbst übertroffen!"

Doch nun kam die eigentliche Hexerei, die den Besen mobilisieren sollte. Mülli schnappte rasch den Besen, stürzte auf Flitzpiepe durch das Fenster davon in den Nachthimmel und ließ einen Hexenschrei ab, der durch Mark und Bein fuhr.

„So, Oma Traudich, das war es erst einmal, Mülli sehen wir frühestens in einer Stunde wieder."

Fasziniert starrte Oma Traudich Mülli nach. Zu gern hätte sie gesehen, was Mülli mit ihrem Besen nun anstellte. Aber es half nichts, sie musste warten.

Hila kam hereingehoppelt und schaute verständnislos. So ein Spektakel in der Nacht und Mülli war in einem Affenzahn aus dem Fenster geflogen und nur knapp über ihren Kopf hinweggestürmt. Hila freute es zwar sehr, wenn in den Ferien Kinderbesuch das recht einsame Leben in Hebbersblechle erhellte, aber diese Mülliane war zeitweise außer Rand und Band. Ziemlich aufregend, fand Hila! Sie hatte heimlich an Müllis Kleid geknabbert. Dabei erntete Hila Müllis missbilligenden Blick. Es hatte Hila aber auch gar nicht geschmeckt. Das Kleid war aus irgendeinem komischen Material, so neumodischer Kram.

Mülli kehrte tatsächlich nach einer Stunde mit dem neuen Besen zurück. Sie landete wieder im Wohnzimmer, wo Oma Traudich und Schrotte warteten.

„Schrottus, Oma Traudich bekommt jetzt Hexenunterricht in der Kräuterküche. Wir möchten nicht gestört werden. Wirfst du ein Auge auf die Kinder? Wir brauchen bestimmt bis morgen früh!", trug Mülli Schrotte auf.

„Dann mache ich uns einen starken Kräuterkaffee dazu!", Oma Traudich galoppierte mit diesen Worten in ihre Küche und fing an zu werkeln.

„Na, dann viel Spaß ihr zwei", meinte Schrotte. Auch jetzt wusste er, was kommen würde.

Mülliane rauschte mit beiden Besen hinterher und verschloss die Küchentür.

„Na dann. Komm, Hila, wir gehen raus ans Lagerfeuer und zählen Sterne."

Hila mochte es gar nicht, dass Mülliane mit ihrer Oma Traudich einfach in die Küche verduftete. Aber Schrotte schob sie am Hinterteil vor sich her nach draußen. Nur widerwillig gab Hila nach. Sie putzte nervös ihre langen puscheligen Löffel. Ständig schreckte sie auf, wenn aus Oma Traudichs Küche seltsame Geräusche nach außen drangen. Hin und wieder ertönte Hexengelächter und wenn Hila nicht Oma Traudichs

Stimme herausgehört hätte, wäre sie todesmutig in die Küche gerannt und hätte ihre Oma gerettet. Da war sie ganz sicher!

Beruhigend kraulte Schrotte mit seinen kühlen Schraubenfingern Hilas heiße Ohren. Am Lagerfeuer rollte sie sich schließlich neben ihn und schlief später ein. Ab und zu knallte es noch aus der Küche oder ein Fenster wurde hell erleuchtet. Töpfe klapperten und Funken stoben aus dem Schornstein, der direkt über der Küche schief auf dem Dach saß.

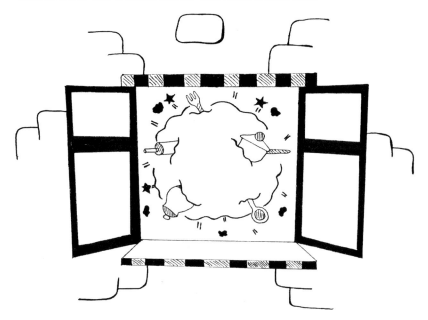

Bis in die frühen Morgenstunden passierte immer wieder etwas Derartiges. Schrotte beobachtete den Sternenhimmel, der die ganze Nacht unaufhörlich funkelte. Die Sterne strahlten ihn aufmunternd an und machten ihm Mut.

Aber wo war der richtige Weg nach Deponien? Rechts, links, geradeaus, rauf oder runter …?

Die Reise beginnt!

Am nächsten Morgen waren alle schon früh unterwegs. Oma Traudich hatte dunkle Ringe unter den Augen und gähnte alle zwei Minuten, aber sie war sichtlich zufrieden. Hexe Mülli flog ihr in die Arme. Sie riss zwei ihrer schönsten Rosenblüten von ihrem Tütenrock und hielt sie Oma Traudich unter die Nase.

„Hefte sie an deinen Besen. Ich schenke sie dir!" Ein zarter Rosenduft strömte in ihre Nase.

„Wie war das möglich?", fragte sich Oma Traudich. „Den Hexenspruch hätte ich auch gerne." Sie schwieg. Als könnten sie bei der kleinsten falschen Bewegung zerbrechen, legte sie die Rosenblüten in ihre Schürze.

„Und vergiss nicht! Dein Besen braucht einen Namen. Er ist schließlich dein einziger und wahrer Besen, wie es sonst keinen anderen gibt. Die persönliche Ansprache ist ganz wichtig, sonst bekommt er Depressionen. Und mit einer Depression fliegt es sich nur halb so gut!"

Mülli hatte kaum zu Ende gesprochen, als Oma Traudich feierlich antwortete: „Es kann nur einen geben und das ist mein herzallerliebster Besen, Hummel genannt! Hummel ist sein Name!"

Oma Traudich drückte stolz ihren neuen Flugbesen an ihren Bauch. Da Oma Traudich ein beträchtliches Gewicht und Körperrundungen mitbrachte, verlangte es Hummel all seine

Kräfte ab, mit ihr zu fliegen. Er flog einwandfrei, begleitet von einem tiefen Brummen, ähnlich einer Hummel. Mit Oma Traudich war er ein wenig schwerfällig und nicht so schnell unterwegs wie Flitzpiepe, aber das machte gar nichts, fand Oma Traudich.

„Das ist genau meine Geschwindigkeit!", meinte sie mit einem verklärten stolzen Blick auf Hummel. „Mülli, pass gut auf meine Kinder auf. Du auch, Schrottus! Versprecht es mir!" Oma Traudichs Stimme ließ die Sorge um die Kinder erkennen.

„Auf uns kannst du dich verlassen!"

„Mach dir keine Sorgen!"

Oma Traudich vertraute ihnen.

Mülli, Schrotte und die Kinder verabschiedeten Oma Traudich und Opa Ingolf stürmisch. Oma Traudich umschloss ihre Kinder wieder mit ihren langen Armen und hätte sie am liebsten für immer festgehalten.

„Oma, du musst uns schon loslassen. Ist das eng hier!", rief Fyllie.

„Ja, schon gut!" Oma Traudich lockerte die Umarmung und ließ sie dann endgültig los.

„Wir halten Kontakt!", rief Mülli Oma Traudich noch zu.

„Beinahe hätte ich euren Proviant vergessen. Flink sprang Oma Traudich in die Küche und kehrte mit einem prall gefüllten Rucksack zurück.

„Hier, Fyllie, etwas zum Knabbern, damit ihr nicht verhungert!"

Fyllie schnallte den Rucksack auf ihren Rücken und sprang

auf Flitzpiepe in Müllis Windschatten. Sie zog Christian wie immer hinterher. Kleine Seifenblasen schlüpften aus Flitzpiepes Floddern und wehten in die Morgendämmerung.

„Kommt! Tom, Olli, setzt euch zwischen die Seitenruder, die funktionieren jetzt wie geschmiert." Dies ließen sich die beiden nicht zweimal sagen und sprangen routiniert auf Schrottes Rücken.

„In welche Richtung fliegen wir jetzt?", fragte Fyllie.

Schrotte schaute voller Tatendrang zu Mülli. „Da die Erde rund ist, ist es eigentlich egal, ob wir links oder rechts herum fliegen. Erst einmal in den Sonnenaufgang hinein, oder?", lachte Schrotte hoffnungsvoll.

„Auf geht's!"

„Auf zu Raffgier!", rief Mülli.

„Und dann nach Deponien!", ergänzte Schrotte.

Fyllie drehte ein wenig wehmütig den Kopf in Richtung ihrer geliebten Oma, jetzt hieß es schon wieder Abschied nehmen. Oma Traudich winkte ihren Kindern noch lange hinterher, bis nur noch kleine Punkte am Horizont zu sehen waren.

Bald lag Hebbersblechle hinter ihnen. Die Gegend, die sie nun durchstreiften, erschien ihnen fremd und unbekannt. Wälder so weit das Auge reichte, mit Bäumen so riesig, wie sie noch nie welche gesehen hatten. Städte mit Kirchtürmen, hohe, niedrige, schmale. Alte und neue Häuser ließen sie hinter sich. Gegen Mittag brannte die Sonne vom Himmel und Mülli steuerte ein geschütztes Plätzchen in einer Waldlichtung an, denn eine Pause war nötig.

Sie setzten sich auf einen Moosteppich, der kühl und duftig unter einem Baum im Schatten gewachsen war. Wie für sie gemacht. Sein Blätterdach ließ die heißen Sonnenstrahlen nicht hindurch, eine optimale natürliche Klimaanlage.

„Ich habe einen Bärenhunger!", verkündete Tom erschöpft. „Aber zuerst geht mal eine Info zu Fred und den anderen raus." Tom zückte sein Gotschi.

Er piepte Fred an, der bereits auf Toms Anruf wartete.

„Hey, Fred!"

Fred gotschte zurück: „Na endlich! Deponien schon gefunden? Zu dir oder zu mir?"

„Zu mir!", gotschte Tom zurück.

„Okay!" Mit diesen Worten glitt Fred durchsichtig und schemenhaft aus Toms Gotschi heraus und setzte sich neben ihn auf einen Baumstumpf.

„Flugo ist bald fertig. Seitdem das Ding einen Namen hat, klappt es besser. Er kann schon ein paar Zentimeter über den Boden gleiten. Olaf hat echt cooles Baumaterial. Mensch, sind hier viele Bäume und so groß. Wo seid ihr?"

„Wir sind circa zweihundert Kilometer nördlich von Hebbersblechle, von euch etwa vierhundert Kilometer entfernt", antwortete Tom.

„Von Raffgier waren ein paar Typen auf der Deponie nebenan und haben Otto eingeschüchtert. Noch ein paar Tage, dann wäre er fällig. Er soll schon mal Koffer packen, haben sie gesagt", berichtete Fred.

„Heißt der Typ, der hinter allem steckt, Raffgier?", fragte Tom nach.

„Ja, sie haben seinen Namen genannt. Otto hat etwas von ihrem Gespräch aufgeschnappt. Raffgier scheint der Drahtzieher vom Ganzen zu sein. Es sei nur eine Frage der Zeit, bis Olafs Schrottplatz dran ist", meinte Fred ärgerlich.

„Otto und Olaf können doch bei Christian nebenan in die Hausmeisterwohnung einziehen. Die steht immer noch leer", sprach Fyllie dazwischen.

„Eine gute Idee! Ich werde es beiden sagen."

Dann wurde es technisch. Fred gotschte Flugo her, um mit Tom ein paar Details zu besprechen. Fred schob die transparente Motorhaube hoch, die natürlich nach wie vor an Flugo in Olafs Werkstatt stand und zeigte Tom, wie sie bisher gearbeitet hatten. Das Problem war einfach, dass Flugo die Erde nicht wirklich verlassen wollte.

„Talko hat ein paar interessante Verbindungen in seinem Brustkorb. Er hat bestimmt nichts dagegen, wenn du sie Flugo einbaust. Den Kolbenzieher kannst du ersatzweise Talko einsetzen, dann könnte es klappen mit dem Aufstieg", riet Tom Fred, der alles notierte.

„So, mein Magen meldet sich. Wir futtern gerade Pfannkuchen von Oma Traudich. Ich sag dir, das Beste, was ich je gegessen habe, bis dann Fred!"

„Macht es gut. Ich halte euch auf dem Laufenden!"

Zack! Fred und Flugo lösten sich schlagartig in Luft auf.

Die Kinder gaben erst Ruhe, als der Pfannkuchenrucksack schlapp auf dem Boden lag.

„Einfach köstlich." Fyllie leckte genüsslich ihre Fingerspitzen und ließ ihren Kopf auf das Moos sinken.

„Mmmmh! Ich bin satt. Schade, sonst würde ich noch einen kleinen verdrücken", brummelte Christian.

„Aah! Jetzt ein Nickerchen." Tom gähnte und rekelte sich, während Christian zufrieden über seinen Bauch strich.

Aber da kannten sie Mülli schlecht!

„Auf geht's!", rief sie. „Wir fangen gerade erst an, da könnt ihr nicht schon schlapp machen. Außerdem habt ihr schon die ganze Tagesration verputzt!"

Fyllie schnallte den leeren Rucksack um und weiter ging es, als alle leise murrend wieder ihre Plätze eingenommen hatten. Kurz darauf stiegen sie wieder auf, dem Horizont entgegen, um ihre Reise fortzusetzen.

Windgeschwister

Es krachte laut und heftige Blitze durchzuckten den Himmel über ihren Köpfen. Windböen packten Flitzpiepe und zerrten sie hin und her. Mit Mühe hielten die Hexenmädels ihre Stellung zwischen den Floddern. Mülli und Fyllie kostete es ebenfalls viel Kraft, beinahe wären sie von Flitzpiepe gestürzt. Der Wind riss an ihren Haaren und Kleidern.

Christian drückte sein Gesicht in Fyllies Hosenbeine vor Angst. Sogar Fyllies Rucksack wurde fast davongeschleudert. Im letzten Moment drückte sie ihn fest unter ihren Arm.

„Du, Mülli, der Wind reißt an meinem Rucksack. Ich kann ihn kaum noch halten!", schrie sie Mülli in das linke Ohr.

Mülli sah die windige Hand, die nach Fyllies Rucksack griff und glaubte, zwei durchscheinend transparente Gesichter in einer besonders heftigen Böe zu erkennen.

Mülli murmelte etwas auf müllisch. Sie flüsterte einen Hexenspruch und drehte die schönste Rosenblüte ihres Tütenrockes. Ihre Nase glühte violett. Müllis magisches Hexengeschwader, das ihr schon so manches Mal beigestanden hatte, eilte mutig aus Flitzpiepes Versteck hervor. Die wendigen kleinen Hexenmädels flitzten auf die windigen Unbekannten zu und klopften eifrig mit ihren Besen auf die wehenden Köpfe.

„Angriff! Schont sie nur nicht!" Zissy, Müllis oberstes Hexenmädel feuerte sie an.

Mit aller Macht versuchten diese Wesen die kämpfenden Hexchen fortzupusten, aber die Kleinen waren zu flink und in zu großer Anzahl. Müllis eingeschworene Bande umkreiste schließlich die erschrockenen geisterhaften Wesen und ließ nicht mehr von ihnen ab.

Plötzlich pfiffen ihre windigen Gegner laut auf und flohen blitzartig vor den kämpfenden Hexen.

„Was war das?", fragte Fyllie staunend.

„Keine Ahnung. Komm, Schrotte, hinterher, gib Gas, die sollen uns kennenlernen!", schrie Mülli in das aufkommende Gewitter hinein.

Zissy, mitsamt Hexengeschwader hüpften sofort wieder auf ihre Plätze zwischen Flitzpiepes Floddern zurück.

„Wartet, bleibt hier! Wer seid ihr? Wartet!" Schrotte brüllte sich die Seele aus dem Leib.

Endlich bremsten die beiden luftigen Gestalten, behielten Flitzpiepe aber im Auge, um einen weiteren Angriff zu vermeiden. Sie drehten ihre Köpfe hin und her und beobachteten misstrauisch das seltsame Mädchen mit der zackiglangen Nase und den Mann in der seltsamen Rüstung, der so schön bläulich schimmerte.

Mülli und Schrotte bremsten ihren Flug etwas ab.

„Hallo, ich bin Hexe Mülliane und dies sind meine Freunde Fyllie, Christian, Tom und Olli!", rief Mülli den beiden zu.

Flitzpiepes Floddern waren ständig in Bewegung, da die Hexenmädels ihren nächsten Angriff vorbereiteten, man wusste ja nie.

„Nicht zu vergessen, mein bester Freund, Graf Schrottus von und aus Deponien."

Nun stoppten sie unmittelbar vor ihnen.

„Ihr seid ja ein paar zugige Gesellen! Wer seid ihr?"

„Ich bin Windolf!", antwortete der Aufgeblasene.

Windolf holte tief Luft, um einen guten Eindruck zu hinterlassen. Er wurde dick wie ein Ballon. Er drehte sich wie ein Tornado und stieß die Luft wieder aus. Sein herbstlich buntgefärbter Blättermantel, den er trug, rauschte dabei wie ein Blätterwald. Fyllie wurde ganz schwindelig vom Zusehen.

„Ich bin Windörte, Windolfs Schwester! Wir gehören zum Volk der Windreps", erklärte das windige Fräulein.

Sie atmete aus und wurde schlank wie eine Gazelle. Windörte drehte ihren transparenten Körper elegant um ihre eigene

Achse, dabei wehten gelbe Blüten, die sie in einem Garten mit einem Luftzug abgerissen hatte, sachte im Kreis. Sie wirkte wie eine durchsichtige Elfe im Blumengewand.

Fyllie streckte die Hand nach Windörte aus. Ein leichter Luftzug spielte ihr gelbe Blüten in die Hand. Windörte pustete sie sanft wieder heraus. Lautlos scharten sie sich wieder um ihre luftige Gestalt.

„Ihr seid ja komische Typen, so welche wie ihr haben wir hier in der Gegend noch nie gesehen!", stieß Windolf grinsend mit seinem Gebläse heraus.

„Wir sind auf der Suche nach unserer Heimat. Sie heißt Deponien. Auf dieser Welt muss es irgendwo sein", schaltete sich Schrotte ein.

„Deponien, dieses herrliche Wort habe ich noch nie gehört!", hauchte Windörte.

„Tja, das ist unser Problem. Niemand hat bislang davon gehört. Wir hoffen auf einen Hinweis, ein Zeichen", ergänzte Mülli.

Während Windolf seinen luftigen Körper auf ein Wolkensofa fallen ließ, welches in der Nähe stand, schlängelte Windörte ihren schmalen Körper neugierig um Hexe Mülliane und Schrotte. Sie spielte mit Müllis kordeligen Haaren und rauschte haarscharf an ihrer Nase vorbei, die daraufhin funkte.

Vor Schreck huschten Zissy und ihr Geschwader noch tiefer in Flitzpiepe hinein. Diese beiden rauschigen Wesen waren ihnen jetzt doch unheimlich. Müllis Kleid leuchtete in allen Regenbogenfarben.

„Was ist das?", fragte Windörte und berührte mit einem Luftzug die Plastikblüten ihres Kleides.

„Alles echt und erstklassige Handarbeit", erwiderte Mülli mit einem Blick auf Fyllie, die wie verzaubert dem Schauspiel der Windgeschwister zusah.

Windolf blickte nachdenklich in die Luft und blies kleine Wölkchen aus, wie eine Dampflokomotive. Außer riesiger Vogelscharen, die Richtung Süden oder Norden flogen, oder gigantische Flugmonster, die mit hoher Geschwindigkeit zeitweise durch ihn hindurchsausten, hatte er noch keine andersartigen Flugobjekte gesehen. Dieses Mädchen und der Metallmann waren außergewöhnlich, dies erkannte er sofort. Im Moment wusste er keinen Rat, zumal sie heute auch Termine bis zum Anschlag abarbeiten mussten. Aber er würde sich darum kümmern.

„Heute braut sich noch ein Unwetter zusammen, da werden wir gebraucht. Hier wird es gleich unheimlich schrecklich schön ungemütlich."

„Die Windsor-Brüder wollen heute auch kommen", freute sich Windörte und blies aufgeregt kleine Wolkenringe aus, da sie vorhin eine saftige Wolke gefrühstückt hatte.

„Ganz in der Nähe steht ein altes Gemäuer, da könntet ihr heute Nacht bleiben. Gleich geht es hier hoch her! Da solltet ihr euch besser vorher aus dem Staub machen!", riet Windolf eindringlich.

„Wenn wir etwas über Deponien herausfinden, werdet ihr es von uns erfahren", schlug Windörte mit ihrer zart rauschenden Stimme vor.

„Gute Idee!", pflichtete Mülli bei. „Aber wie wollt ihr uns finden? Spätestens morgen nach dem Gewitter müssen wir weiterfliegen", gab Mülli zu bedenken.

„Haha ... haha! Wir werden euch schon finden. Wir folgen euren Spuren! Davon gibt es hier reichlich", erwiderte Windolf und blickte sich stirnrunzelnd um.

„Unseren Spuren?"

„Eure Flugspuren sind noch tagelang am Himmel zu sehen!"

„Und zu hören", ergänzte Windörte ihren Bruder.

Da die Zeit knapp wurde, nahmen Windolf und Windörte Mülli und Schrotte in die Mitte und sausten mit ihnen in Windeseile über Berge und Täler, da es zusehends ungemütlicher wurde; so schnell, dafür hätten Mülli und Schrotte Tage gebraucht, um diese Entfernung zurückzulegen.

Sie schützten die sechs sicher vor dem aufziehenden Sturm. Der Regen war ein Genuss für sie, liebten sie doch die heftigen Blitze und das Donnergrollen. Sie lachten und schüttelten dabei ihre Körper. Wie durch einen Schleier beobachteten die sechs Freunde das Spektakel, wie sie auf und nieder wirbelten. Sie stießen gegen dunkle und sehr feuchte Wolken, die schon bei geringer Berührung zu regnen anfingen.

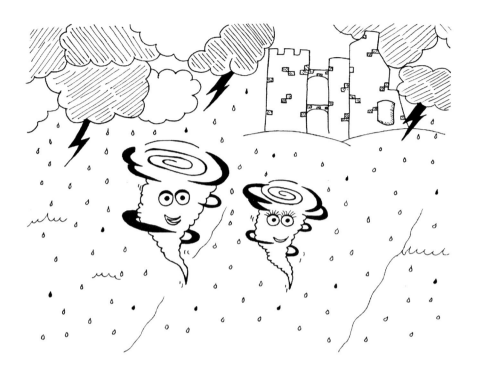

Gewitterburg

Sie steuerten in eine Schlucht, an deren Ende ein finsteres hohes Gemäuer fast den Himmel berührte. Das Gewitter tobte nun mit voller Kraft. Mit jedem Blitz wurde die Fassade kurz erhellt, die Fenster lagen wie tiefe Löcher in den Mauern.

„Windolf, schnell, dort oben ist ein Fenster! Ich glaube, es ist offen." Fyllie zeigte auf ein halb geöffnetes Fenster im Turm der Burg.

93

„Der Turm ist so schief, eigentlich müsste er in den Abgrund stürzen!", brüllte Olli, um das Donnergrollen zu übertönen.

„Der hält noch eine Weile, dies hat er ja schließlich bis jetzt auch getan", erwiderte Mülli unbeeindruckt.

Windolf und Windörte pusteten ihre Schützlinge durch das kleine Turmfenster. Sie purzelten auf einen alten staubigen Teppich, der genau vor dem Fenster lag und ihren Sturz abbremste. Hier roch es zuerst etwas muffig, aber Windörte brachte eine Portion frischen Wind mit hinein und schleppte den Muff hinaus. Staub wirbelte durch den Raum. Hier schien lange keiner mehr gewesen zu sein. Hauptsache, sie fanden Schutz vor dem Unwetter, das nun ausgiebig über ihnen tobte.

„Bis bald! Wir sehen uns wieder. Und wenn wir etwas über Deponien herauskriegen, wie gesagt, ihr erfahrt es als Erste, versprochen!", rief Windolf Mülli zu.

„Ja, ist gut, danke."

Mülli versuchte ihnen durch das kleine Fenster hinterher zu winken, aber der Luftsog war so stark, dass Fyllie im letzten Moment ihren Fuß zu fassen bekam und sie in den Turm zurückzog. Beide plumpsten auf den Boden. Mülli schüttelte kichernd ihre Flodderhaare und Flitzpiepe wie einen Hund, um das Wasser loszuwerden. Wie gerne wäre sie mit Windörte und Windolf in dieses blitzende grollende Getöse geflogen. Einfach herrlich! Aber sie hatte Oma Traudich fest versprochen, kein Auge von ihren Kindern zu lassen, damit ihnen nichts zustieß.

In Sekundenschnelle verschwanden Windolf und Windörte in den dunklen Wolken.

So ein Gewitter war immer wieder unheimlich, fanden Fyllie und Tom. Mülli und Schrotte liebten es, hatte es ihnen doch das Leben geschenkt. Der Blitz zerschnitt die aufkommende Dunkelheit und umkreiste zeitweise den Turm. Er verfolgte alle Winde bis zum Kern des Gewitters. Die Windsor-Brüder schienen eingetroffen zu sein, denn das Unwetter erreichte nun seinen Höhepunkt und beherrschte die Schlucht. Nach einer Weile wurde es leiser. Die sechs fühlten sich in dem alten Gemäuer in Sicherheit. Toms Gotschi brummte. Eine Nachricht von Oma Traudich!

Hallo meine Lieben. Hier zieht ein Gewitter auf. Sucht euch einen regenfesten Unterschlupf! Alles Gute! Eure Oma Traudich.

„Liebe Oma Traudich", seufzte er und las allen die Nachricht vor.

„Ich mag einen Pfannkuchen!" Christian fühlte ein großes Loch in seinem Bauch, als der Name Oma Traudich fiel.

„Tut mir leid, Christian, aber die haben wir vorhin alle weggemampft", bedauerte Tom.

Verdattert betrachtete Fyllie ihren Rucksack, der wieder dick und rund auf dem Teppich lag.

„Der Rucksack platzt ja gleich. Was mag da noch drin sein? Wir haben ihn doch komplett leer gefuttert!", wunderte sich Fyllie. Flink öffnete sie die Schnalle und … ein herrlicher Duft erfüllte den kleinen Raum.

„Hey, schaut! Pfannkuchen, jede Menge Pfannkuchen! Das geht nicht mit rechten Dingen zu, scheint mir!", rief Fyllie in die Runde.

Mülli lächelte. „Diese Oma Traudich! Diese verkappte

Hexe. Sie hatte in dieser einen Nacht schon viel gelernt. Sie hat aber auch viel Talent", dachte Mülli bei sich.

„Ja, so rein essenstechnisch werden wir, so wie es aussieht, künftig kein Problem haben", meinte Tom kauend. Schmatzend kreuzte er die Beine auf dem Teppich und stopfte den warmen, knusprigen Pfannkuchen in den Mund.

„Hier steht eine Kerze." Fyllie kramte in einer Schublade und suchte nach irgendetwas Brauchbarem, womit sie die Kerze anzünden konnte.

„Schaut mal, total verstaubte Bücher, die Schrift ist ja uralt!" Tom leuchtete mit seiner Taschenlampe die Wände entlang und entdeckte neben alten Gemälden ein hohes Wandregal, gefüllt mit schweren Wälzern. Eine zentimeterdicke Staubschicht verriet, dass sie hier in Vergessenheit geraten waren.

Fyllie fand endlich ein altes Feuerzeug. Im Kerzenschein hockte sie neben Christian auf dem Teppich und begutachtete ebenfalls den Raum, der aussah, als wäre er seit ewigen Zeiten nicht mehr genutzt worden. Fyllie entdeckte eine alte Tür.

Wohin der Weg hinter der schweren Holztür führen mochte?

Sie stand auf und drückte leise knarrend die geschwungene Klinke herunter. Die Tür sprang auf und eine schmale Turmtreppe wurde sichtbar, deren Stufen bald im Dunkel verschwanden.

„Kommt! Wir wollen uns mal umsehen", flüsterte sie eifrig.

Die anderen schlichen hinter ihr her. Mülli flog auf Flitzpiepe unter dem Gewölbe die geschwungene steinerne Turmtreppe entlang, bis sie eine große Halle erreichte. Schrotte und die Kinder folgten ihr leise trippelnd auf den alten Stufen, die vom

Turm in die Halle führten. Tom leuchtete mit seiner Taschenlampe den Weg entlang. Die Wände waren dunkel von Ruß und Schmutz, die Treppenstufen ausgetreten. An den Wänden hingen menschengroße Gemälde. Feine Damen in prachtvollen Kleidern und hochnäsige Herren in Rüstungen, sowie deren Familien starrten auf die Eindringlinge herab.

Fyllie gruselte ein wenig: „Sie sehen so echt aus! Gleich steigen sie aus den Bilderrahmen zu uns herunter."

„Das fände ich ziemlich unheimlich!", sagte Christian und Tom ließ den Schein seiner Taschenlampe über die gemalten Gesichter huschen.

„Schau mal, eine mittelalterliche Dose, Schrotte!" Olli zeigte auf eine Ritterrüstung und konnte das Lachen kaum unterdrücken.

Schrotte musterte seinen hohlen regungslosen Vorfahren, sagte aber nichts.

„Nichts im Kopf, was?", schmunzelte Olli und öffnete das Visier des Helms. „Sag ich doch, nichts im Kopf."

„So viele Leute, da verliert man fast den Überblick", dachte er.

„Psst! Ich höre etwas!", flüsterte Mülli den anderen zu.

Schrotte ging mit seinen metallenen Füßen – klack, klack – über den Steinboden quer durch den großen Raum. Tom und Fyllic bewunderten die altertümliche Schönheit dieser großen Halle. An den Wänden hingen samtige schwere Teppiche. Über dem Kaminsims prangte ein verschnörkelter Spiegel, der die Halle noch größer erscheinen ließ.

„Wie aus einer vergangenen Zeit", flüsterte Fyllie.

Sie erreichten auf der anderen Seite der Halle eine weitere Tür. Olli entdeckte ein kleines leuchtendes Kästchen.

In dem Moment, als er die Tür berührte, blinkte es feuerrot und ein ohrenbetäubender Lärm brach los.

„Mist, eine Alarmanlage!", rief Tom. „Schnell, Fyllie!"

Blitzschnell sprang Fyllie zu Mülliane auf Flitzpiepe, packte Christian am Kragen und schleifte ihn hinter sich her, bis er auf dem Besen hing. Tom und Olli kletterten flink auf Schrottes Rücken, der in Windeseile seine Seitenruder ausfahren musste, bevor sie im letzten Moment nach oben flüchteten. Mülli und Schrotte sausten lautlos unter die hohe Decke der Eingangshalle über einen riesigen Kerzenleuchter, der die Mitte des Raumes zierte.

Nach einer Weile hörte die Sirene auf zu schreien und hektische Schritte von Stiefelabsätzen näherten sich. Ein Schlüssel knarzte im Schloss der alten Tür, dann flog sie auf!

Drei blau uniformierte Männer rannten mit Stablampen in die Halle und sahen sich hektisch um.

„Keiner da, schaut oben im Turm nach, ob dort jemand steckt. Macht schnell!", rief der eine.

Mülli atmete tief durch. Zum Glück waren sie nicht zum Turm zurückgekehrt! Hier oben an der Decke vermutete sie niemand.

„Mach mal Licht!", rief der andere.

Vor Aufregung produzierte Flitzpiepe Seifenblasen.

„Doch nicht jetzt!", dachte Fyllie. Beruhigend klopfte sie auf seinen Stiel und streichelte beruhigend durch die Floddern die Hexenmädels.

Da der Kronleuchter mit echten Kerzen bestückt war, gab er einen wunderbaren Sichtschutz ab, als das Licht nur an den Wänden aufleuchtete. Sie wurden nicht entdeckt. Sogar die Seifenblasen, die vereinzelt auf den Boden sanken, blieben vor den Augen der Männer verborgen. Als sie nichts Auffälliges bemerkten, der Turm leer war, aktivierte einer der Wächter wieder die Alarmanlage.

„Vielleicht ist eine Fledermaus gegen die Tür geflogen. Hier ist auf jeden Fall keine Menschenseele. Kommt, Jungs, auf ein neues Spielchen!"

„Fledermäuse fliegen nicht gegen Türen, du Idiot!", sagte der eine unwirsch.

„Toll, ich hatte gerade so ein gutes Blatt", erwiderte der andere maulend.

Gemeinsam verließen sie den Raum und löschten das Licht, bevor sie in ihre Kemenate zurückkehrten.

„Mensch, Mülli, rede mal ein ernsthaftes Wort mit Flitzpiepe. Er hätte uns fast verraten", ließ Schrotte eine Beschwerde los.

„Er hat schon wieder alles im Griff", antwortete sie.

„Mensch, was gibt es hier so Wichtiges, dass es mit einer Alarmanlage und Sicherheitsleuten bewacht werden muss?", fragte Fyllie verwundert.

„Dies ist eine Burg mit bestimmt wertvollen Gegenständen aus vergangenen Zeiten, die man besichtigen kann, vielleicht ein Museum", überlegte Tom weiter.

„Kommt, Kinder, ich bin müde, morgen ist auch noch ein Tag, gehen wir schlafen." Fyllie gähnte und reckte sich.

„Am besten im Turm. Heute Nacht kommt niemand mehr dorthin. Es sei denn, du rappelst noch einmal an der Tür, Olli."

„ Nein, nein, da besteht, glaube ich, keine Gefahr mehr. Ich fasse heute nichts mehr an, versprochen!" Olli saß der Schreck noch in den Knochen.

Vor dem Einschlafen las Tom noch eine Nachricht von Fred, die er erhalten hatte.

Hier läuft alles nach Plan. Wo seid ihr? Alles klar? Melde dich mal. Haltet die Ohren steif! Fred.

„Morgen früh schreibe ich Fred", dachte Tom und dann war er schon eingeschlafen.

Aufregung im Museum

Fyllie lag zusammengerollt unter Müllis Blütenrock. Tom und Olli waren vor lauter Müdigkeit zwischen Schrottes Seitenrudern eingeschlafen, ehe sie ein gemütlicheres Plätzchen suchen konnten. In der Nacht bemühte sich Schrotte, sehr ruhig sitzen zu bleiben, damit Tom und Olli ungestört ausruhen konnten, denn der nächste Tag sollte genauso anstrengend werden wie der vorherige. In den frühen Morgenstunden wurden sie von Stimmen geweckt, die die Treppe in den Turm hinaufhallten.

„Also, der Rucksack ist inzwischen wieder leer, wo kriegen wir denn jetzt was zu mampfen her?", fragte Fyllie in die Runde.

„Ich würde vorschlagen, du schaust noch einmal nach", entgegnete Mülli.

„Aber wie geht das denn?" Sprachlos blickte Fyllie abermals auf herrlich duftende Pfannkuchen, die wieder wie aus dem Nichts in ihren Rucksack geraten waren und blickte forschend in Müllis grinsendes wissendes Gesicht.

„Genießt es einfach, es ist eben so", meinte Schrotte noch schwerfällig. Seine Gelenke waren steif von der Nacht und ein Scharnier quietschte sogar. „Ich glaube, ich muss meine Gelenke schmieren", stöhnte er und griff in seine Bauchklappe, um sich einzuölen.

„Ich habe eine Nachricht von Fred erhalten. Läuft alles wie

geplant! Ich habe unsere Koordinaten durchgegeben", berichtete Tom.

„Klasse! War aber eigentlich klar, oder?", gab Fyllie zurück. Auf Fred und Talko war Verlass.

Niemand wunderte sich mehr so richtig über die Tatsache, dass der leer gefutterte Rucksack wieder bis zum Rand mit Pfannkuchen gefüllt war.

Sie einigten sich darauf, dass Olli und Fyllie die alte Burg auskundschaften und Näheres über die Umgebung herausfinden sollten. Mülli grummelte missmutig vor sich hin. Sie wäre zu gerne ebenfalls losgezogen, um herauszufinden, wo sie zwischengelandet waren. Sie sah jedoch ein, dass es wenig Sinn machte, am helllichten Tag die Leute mit einer fliegenden Hexe zu erschrecken, wenn es vermeidbar war.

Leise stiegen Fyllie und Olli die Treppe herab und fanden die noch in der Nacht verschlossene Tür sperrangelweit offen vor. Schnell schlüpften sie hindurch und mischten sich unter die ersten Besucher der Burg. Ein Museum! – wie Tom es richtig vermutet hatte. Alte Rüstungen, antike Möbel und allerlei Ausgrabungsgegenstände in Vitrinen waren zu sehen.

In einer Ecke standen auch Statuen aus verschiedenen Metallsorten. Sie waren schon angelaufen und wurden gerade von einer kleinen Frau bearbeitet. Sie stand auf einer Leiter, da die Statue recht hoch und sie etwa nur halb so groß war. Ihre kleine Gestalt hatte einen Buckel, der sie noch kleiner erscheinen ließ. Darüber trug sie einen bunten Hut auf dem Kopf. Graue Locken quollen an den Seiten hervor. Der Gesichtsausdruck war sehr verkniffen, da sie ihre Konzentration ganz auf ihre

Arbeit richtete. Scheinbar unbemerkt gingen Fyllie und Olli in den benachbarten Raum. Dort standen unterschiedliche Figuren und Kreationen unordentlich herum, die nicht immer erkennen ließen, um was es sich handelte.

„Ein Schrotthaufen, oder was meinst du, Fyllie?"

„Das soll bestimmt Kunst sein. Ich habe keine Ahnung von solchen Dingen. Schau, der sieht Schrotte ziemlich ähnlich!", stieß Fyllie überrascht aus und zeigte auf einen Blechmann. Ein schwerer Geruch von geschmolzenem Metall lag in der Luft. „Da sind noch mehr. Schrotte könntest du dazustellen, würde gar nicht auffallen."

Olli nickte. „Sie riechen neu. Als kämen sie gerade aus dem Schmelzofen."

Prüfend begutachtete er die Skulpturen und wollte das Material prüfen, indem er den Arm berührte. In diesem Moment brach der Arm und Olli hielt ihn entsetzt in der Hand. Erschrocken riss er die Augen auf.

„Oh nein! Warum passiert immer mir so was!", presste er verzweifelt hervor.

Die kleine Frau mit buntem Hut kam in dieser Sekunde geschäftig hereingetrippelt und ging zielstrebig auf Olli zu, als sie ihn entdeckte.

„Du bist bestimmt der Schüler, der heute hier aushelfen soll, nicht wahr?", krächzte sie ihn an. Sie wartete die Antwort gar nicht erst ab, sondern redete einfach weiter: „Hier gibt es viel zu tun. Die Gliedmaßen haben beim Transport hierher sehr gelitten, wie du siehst. Die hier sind aus Metall. Nebenan gibt es andere Materialien. In unserer Ausstellung, die morgen eröffnet wird, werden wir erstmalig die alte mit der neuen Kunst zusammenführen. Einfach fantastisch! Doch heute werden wir die beschädigten Kunstwerke nochmals überarbeiten müssen. Dein Vater versicherte mir, du hättest das richtige Händchen dafür. Äh, wie war doch gleich dein Name?" Sie schaute Olli intensiv mit ihren wässrigen Glubschaugen an.

Olli blickte fassungslos während ihres Vortrags auf sie herunter. „Ja, äh, ja, mein Name ist Olli?"

„Unterbrich mich nicht immer! ..." Und schon flossen die Worte wieder, wie eine endlose Flut aus ihrem aufgesperrten Mund. Dann verstummte sie plötzlich, drehte auf dem Absatz um und kehrte zurück zu ihrer großen Statue, um sie fertigzupolieren.

Fyllie versuchte schon die ganze Zeit angestrengt, in eine Vitrine zu schauen, um unauffällig die Szene zu beobachten. Diese kleine Frau hatte etwas von einer Hexe, fand sie, aber ganz anders als Mülli und Oma Traudich. Fyllies Schultern zuckten vor Lachen. Sie presste die Hand auf ihren Mund, damit es niemand hörte.

„Olli, ist doch prima, so schnell hat noch keiner einen Job gefunden. Mach den Mund endlich wieder zu!", zischte Fyllie zum immer noch erstarrten Olli hinüber.

„Ja, toll und jetzt kann ich diese Typen hier auf Vordermann bringen. Echt cool!"

Olli war nicht sicher, wie er dies finden sollte. Er nutzte die Gelegenheit, um die schrottigen Skulpturen näher in Augenschein zu nehmen. Fyllie schlüpfte in den Raum nebenan und tauchte ein in eine künstliche Welt, wie die Natur sie niemals hervorbringen würde. Gegenstände aus kunstvollem Plastik und ähnlichen Materialien, die in einem unwirklichen Garten standen.

„Eine Welt, die es nicht gibt, oder doch?", murmelte Fyllie. Sie strich über eine fast durchsichtige Blume mit unzähligen zarten Blüten. Ein wohlbekanntes Knistern, wie bei Müllis Blumen drang in ihr Ohr. Sie glaubte einen zarten Duft wahrzunehmen, der den Raum erfüllte.

In der Zwischenzeit warteten Hexe Mülli, Graf Schrottus, Tom und Christian auf ihre Freunde. Aber Warten kann ganz schön lang werden, wenn man nichts zu tun hat außer Warten.

„Mensch, Schrottus, das dauert so lange!"

„Fyllie und Olli müssen vorsichtig sein, damit sie nicht auffallen. Geduld dich!" Schrotte wusste, dass Geduld nicht zu Müllis Stärken zählte und beobachtete sie aus dem Augenwinkel.

„Was ist, warum starrst du mich so an?" Mülli lachte ihr schelmisches Hexenlachen.

„Du kannst dich ja kaum noch beherrschen, meine Mülliane!", gab Schrotte grinsend zurück. „Na, dann lass uns nicht lange um den heißen Brei reden. Komm, wir machen eine kleine Tour um das alte Gemäuer, Schrotte."

Tom war von der Idee überhaupt nicht begeistert. Er erinnerte sich an Müllis und Schrottes Ausflug im Bundesumweltministerium im vergangenen Jahr.[3] Dies hatte für viel Aufregung gesorgt. Der Pförtner zweifelte an seinem Verstand, als er auf seinem Monitor zwei unbekannte Flugobjekte sichtete und Tom anschließend aufgeregt davon berichtete. Der Sicherheitsdienst schlug damals Alarm und durchkämmte jeden Winkel im Haus. Zum Glück erfolglos. Tom war damals klar, um wen es sich handelte.

Mülli wartete die Antwort ihres Freundes erst gar nicht ab, sondern öffnete das Fenster, schwang sich auf Flitzpiepe und schaute auffordernd zu Schrotte herüber. Mit einem Satz nahm er hinter ihr Platz.

„Wir warten hier auf Fyllie und Olli. Passt bloß auf, dass euch keiner sieht!", trug Tom den beiden eindringlich auf.

---

3) Pilotgeschichte aus „Der Stern in deiner Hand", Hexe Mülliane und Graf Schrottershaufen aus Deponien

Aber Mülli gab bereits Gas und segelte den Turm im Sink-flug herab, bis sie Olli im Hauptgebäude durch ein Fenster sa-hen, wie er gerade mit einem abgefallenen Arm einer Statue in der Hand erschrocken auf eine kleine Frau blickte, die unauf-hörlich auf ihn einredete.

„Oh, Olli, wenn das mal gut geht", flüsterte Schrotte besorgt in Müllis Ohr.

Mülli glitt ein Fenster weiter. Sie legte ihre Blitznase auf das Fensterbrett und blinzelte vorsichtig durch einen Spalt in das Innere des Raumes. Wie schön, alles fantastisch künstle-risch, hier könnte sie sich zu Hause fühlen. Ach, wenn sie nicht unterwegs auf dem Weg nach Deponien wären. Schrotte sah Müllis sehnsüchtigen Blick.

„Deponien wird dir auch gefallen, Mülliane. Du wirst schon sehen!", meinte Schrotte und bewunderte ebenfalls die schöne Ausstellung, die nicht von dieser Welt zu sein schien.

In diesem Moment betrat Fyllie den Raum und Mülli flitzte auf Flitzpiepe mit Schrotte in Richtung des großen Eingangstores der Burg hinab.

Ein großer Lkw stand vor der Tür und wurde von zwei Männern entladen. Sie schleppten polternd die unterschiedlichsten Kreaturen und Elemente aus dem Inneren hervor und stellten sie vor der Eingangstreppe ab.

„Nobby, pack mal mit an. Der Kerl ist so schwer."

Otte wischte den Schweiß von seiner nassen Stirn und zeigte auf eine Metallfigur, die aussah wie ein Ritter aus vergangenen Zeiten. Schnaufend zogen sie ihn zum Fahrstuhl.

Mülli und Schrotte beobachteten die beiden.

„Komm, Schrottus, ich will mal sehen, was es sonst noch so hier drinnen gibt." Mit diesen Worten steuerte Mülli mit Flitzpiepe in den Lkw, ohne dass Schrotte es hätte verhindern können und begutachtete die unterschiedlichen Statuen und Gemälde.

„Mülli, sie kommen zurück, schnell raus hier!" Schrotte stieg von Flitzpiepe, um mit Mülli zu Fuß das Weite zu suchen. Fliegend wären sie auf jeden Fall aufgefallen.

Doch zu spät!

„Wo kommen die denn noch her, Otte?" Nobby kratzte sich am Kinn und legte die Stirn in Falten.

Nobby hätte schwören können, dass die zwei Typen vorhin noch nicht auf der Laderampe standen.

„Hier in der Burg ging es nicht mit rechten Dingen zu. Das erzählte man sich immer wieder im Dorf. Also gar nicht darüber nachdenken, einfach die beiden Kerle hochtragen", dachte Nobby gleichgültig.

Wortlos packte Otte den erschrockenen Schrotte und Nobby griff nach der grinsenden Mülliane, die stocksteif vor ihnen standen. Flitzpiepe erstarrte und die Hexenmädels hielten den Atem an. Nur Müllis Augen folgten den Bewegungen von Otte und Nobby. Nobby ging nicht gerade zimperlich mit Mülli um. Ihre zackige Hexennase steckte plötzlich in seiner Jackentasche fest. Sie streifte immer wieder sein Portemonnaie. Dies kitzelte so sehr, dass sie ein ausgiebiges Niesen nicht unterdrücken konnte. Die sprühenden Funken, die aus dem rechten Nasenloch herausschossen, brannten ein Loch in seine Tasche.

„Zapperment. Was ist das? Die beißt ja! Aua!" Nobby machte einen Satz nach vorn. „Mensch, Otte, ist das letzte Mal, dass ich hierher komme. Da, ein Loch in meiner Tasche! Hier ist nicht alles koscher, sag ich dir!"

Nobby lief immer schneller und schnaufend mit Mülli unterm Arm in den dritten Stock und stellte sie unsanft unter die künstliche Sonne in den schönen Garten, um danach noch schneller über die Treppe zum Lieferwagen zurückzukehren. Schrotte landete auf einem steinernen Thron im Nachbarzimmer.

„Aua!", dachte er, als Otte ihn mehr oder weniger auf den Stuhl warf.

„Komm, lass uns fahren!", brüllte Otte, „haben alle Gestalten abgeliefert, gnädigste Frau Doktor Krummedink!", rief er in den Nachbarraum, bevor er mit Nobby diesen seltsamen Ort verließ.

Fyllie und Olli erschraken, als sie sahen, wie Mülli und Schrotte von zwei Männern angeliefert wurden. Was machten die beiden denn hier?

Frau Dr. Krummedink kam sofort aus dem Nachbarraum getrippelt, um die letzte Lieferung zu begutachten. Mit weit aufgerissenen Augen betrachtete sie fasziniert die beiden zuletzt gelieferten Exemplare.

„Tolle Arbeiten. Und so gut erhalten. Wahre Kunstwerke. Die Krönung dieser fantastischen Ausstellung!", hauchte sie atemlos, so dass ihre Brille beschlug. Nachdem sie sich wieder gefangen hatte, tänzelte Frau Dr. Krummedink von einem Raum zum anderen und um Mülli und Schrotte herum. Sie zückte aus ihrer Rocktasche eine Lupe hervor, um jede Falte an Müllis Rock und insbesondere ihre Nase zu erforschen. Dabei traten ihre Glubschaugen noch weiter aus den Augenhöhlen hervor.

„Gleich ploppen sie raus", dachte Fyllie bei sich.

Zum Glück ließ Müllis Ärger abrupt nach und ihre Nase erstrahlte in einem neugierigen Weiß.

„Eine feine Arbeit!" Die alte Dame begutachtete jedes Detail an Mülli. „Oh, ihre Nase war eben noch lila, jetzt ist sie weiß ... ein Phänomen!", dachte sie.

Eilig schrieb sie ein paar Notizen in ihren ‚Allwiss‘.

„Wie ein Blitz! Hervorragend!", murmelte sie, während sie schrieb. Schrottes eingefahrene Seitenruder interessierten sie ebenfalls. Leider konnte sie den Knopf zum Ausfahren nicht finden. „Olli, Olli! Das gibt es doch nicht. Der Schalter zum Öffnen, wo kann er nur sein? Feinstes Metall. Dieses Scharnier muss geölt werden, Olli. Welch eine herausragende künstlerische Arbeit! Und diese Puppe! Solch ein fantasievolles Geschöpf aus feinstem Kunststoff. Die beiden sind der Höhepunkt der diesjährigen Ausstellung! Bring sie gefälligst auf Hochglanz!" Ihre geifernde Stimme klang hart und bestimmt. Sie drehte sich suchend nach Olli um und brüllte: „Olli, rasch, diese beiden Werke haben absolute Priorität. Sofort herrichten! Herr Schmierblatt von der Burgauzeitung taucht gleich hier auf und wird eine Pressemitteilung zur anstehenden Vernissage schreiben. Die müssen unbedingt mit auf das Foto!"

Sie rauschte erhobenen Kopfes in Richtung Museumseingang davon, um Herrn Schmierblatt in Empfang zu nehmen.

Olli wurde langsam ungemütlich. In was waren sie da hineingeraten! Sie wollten nach Deponien. Und jetzt das! Diese Frau erinnerte Olli an Raffgier!

„Sie ist auf ihre Art gierig", dachte er.

Fyllie konnte Ollis Gesichtsausdruck entnehmen, was er dachte. Was blieb ihnen jetzt anderes übrig? Jetzt hieß es aufpassen und bei der nächstmöglichen Gelegenheit verduften!

Tom konnte vom Turmfenster aus beobachten, wie zwei Männer Mülli und Schrotte, nachdem sie in den Lkw geflogen waren, wieder in die Burg zurücktrugen.

„Auweia! Christian, ich glaube Mülli und Schrotte sind in der Klemme."

Mit Christian an der Hand machte er sich ebenfalls auf den Weg, durch den Turm in das Innere der Burg. Als sie Fyllie erreichten, registrierte er Mülli und Schrotte im Augenwinkel und zwinkerte ihnen zu.

„Gleich kommt der Zeitungsheini und macht Fotos von euch. Nicht gerade hilfreich, wenn man unentdeckt bleiben will, Schrotte!", flüsterte Olli nervös in Schrottes Dosenohr.

„Mir ist auch ganz ungemütlich zumute, da muss ich dir recht geben. Ich glaube, wir sitzen in der Sch..." Schrottes blechblau trat aus seinem Dosengesicht und wurde ganz blass.

Zwischenzeitlich sauste Mülli auf Flitzpiepe herein.

„Schrotte, ich habe genug gesehen. Wo sind Tom und Christian?"

Frau Dr. Krummedink fegte mit dem Zeitungsheini Schmierblatt im Schlepptau herein. Sie zeigte wild gestikulierend auf Schrotte und Mülli, die wieder stocksteif inmitten der anderen Kunstwerke thronten und gab mit schriller Stimme ihre fachliche Meinung zu diesen einmaligen Kunstobjekten wieder.

Fyllie, Tom und Christian kamen immer näher. Unauffällig standen sie nun neben Mülli und Schrotte.

Plötzlich bimmelte Toms Gotschi! Dann ging alles ganz schnell!

Das war das Zeichen, dachten alle! Bloß weg hier!

Tom und Olli hüpften geschwind auf Schrotte zwischen die Seitenruder, die er in Sekundenschnelle ausfuhr, so schnell wie noch nie. Fyllie und Christian hüpften aus dem Stand genauso fix hinter Mülli auf Flitzpiepe. Blitzschnell rauschten Mülli und Schrotte im Turbogang an dem fassungslosen Schmierblatt und der erschrockenen Frau Dr. Krummedink vorbei durch das offene Fenster. Mülli entfuhr ein Hexenschrei. Dabei hinterließ Flitzpiepe einen Schwall von Seifenblasen. Schrottes Seitenruder wirbelten so heftig auf und nieder, dass es regelrecht stürmte.

Zurück blieben der verwirrte Schmierblatt und die ebenso verwirrte Krummedink, die daraufhin in diesem Chaos ohnmächtig in Schmierblatts Arme sank, so dass er kein Foto von der flüchtenden Bande schießen konnte. Wie ärgerlich! Was für eine Story wäre das gewesen, aber ohne Beweisfoto würde man ihn für einen verrückten Schreiberling halten. Zähneknirschend sah er den Flüchtenden hinterher.

„Wieso geht da keiner ran?", dachte Fred.

Toms Gotschi klingelte unaufhörlich.

„Ich versuche es später einfach noch mal", dachte Fred und schaltete sein Gotschi aus.

Mülli schüttelte sich vor Lachen, als sie weit genug von der Burg entfernt in die Wolken flogen.

„Mensch, Mülli, bist du noch zu retten! Haarscharf war das!" Schrotte liebte solche Aufregungen überhaupt nicht.

„Hast du das Gesicht gesehen von der kleinen Bunten-Hut-Frau?", japste Christian. „Das war wie im Kino!"

Erleichtert schütteten sich die Freunde regelrecht aus vor Lachen … bis auf Schrotte.

„Schrottus, jetzt mach dich mal locker! Es ist eben alles so passiert! Olli war auf einmal Knecht vom bunten Hut. Und ihr zwei wart die Stars der Ausstellung auf Burg Au. So heißt die Burg übrigens", meinte Fyllie beschwichtigend.

„Schade, so gerne hätte ich mich bewundern lassen! FEST-HALTEN!" Mülli flog eine Rakete, um sich abzureagieren und lachte ihr müllisches gackerndes Hexengelächter. Sie fand, alles lief doch wunderbar und ein bisschen Abwechslung musste einfach sein! Tom und Olli waren auch froh, dass alles so glimpflich abgelaufen war.

„Schmierblatt hat ganz schön dämlich aus der Wäsche geguckt! Und der olle bunte Hut ist in die Grätsche gegangen!" Tom lachte bei dieser Vorstellung so heftig, dass Olli ihn festhalten musste, sonst wäre er von Schrottes Rücken gestürzt.

„Mit Verlaub, meine Lieben! Zum Glück, kann ich da nur

sagen, sonst hätte Schmierblatt ein Foto aus nächster Nähe geschossen!", begann Schrotte missbilligend.

„Das nächste Mal müssen wir achtsamer sein. Oder wollt ihr mit großem Foto auf der Titelseite der Tageszeitung von euren Eltern entdeckt werden?"

Schrotte hatte recht. Sie brachten ihre Mission in Gefahr. Schließlich galt es, Deponien zu finden!

Tom nickte zustimmend und las die neue Nachricht von Fred, die im Moment ihrer Flucht hereingekommen war.

Was ist los? Alles okay? Fred!

Tom gotschte zurück.

Hi Fred. Alles in Butter. Hatten gerade keine Zeit. Sind wieder unterwegs. Rufe dich heute Abend ausführlich zurück, zum Lage peilen, wie es weitergeht! Gruß Tom.

Schnee im Sommer

Sie schwebten durch die Mittagssonne. Die Luft war wesentlich kühler als am Vortag und machte die Weiterreise angenehmer und den Kindern mehr Spaß. Die Pfannkuchen aus Oma Traudichs Rucksack, die heute nach Himbeermarmelade dufteten, steigerten die Vorfreude auf die nächste Pause.

Plötzlich kam Wind auf und eine luftige Hand tippte Tom auf die Schulter.

„Einen wunderschönen zugigen Tag allerseits!", blies Windolf in Toms und Ollis Ohr. „Wir haben Neuigkeiten für euch!"

Mülli und Schrotte bremsten abrupt und begrüßten die beiden.

„Die Windsors haben tatsächlich von Deponien gehört. Ein Ort, wo keine Bäume wachsen oder Vögel fliegen, sagen sie."

„Sie waren noch nicht dort. Aber die obersten Windreps, die, die genau an der Kante zum schwarzen Orbit wehen, wussten aus alten Erzählungen davon. Sie halten Augen und Ohren offen und halten uns auf dem Laufenden", berichtete Windörte weiter, während sie durch Müllis Flodderhaare fuhr.

Was sollte das bedeuten? Dort wachsen keine Bäume und es fliegen keine Vögel? Mülli und Schrotte schauten sich fragend an. Diese Aussagen machten es nicht gerade leichter, Deponien zu finden.

„Aber dann sind wir hier ganz falsch!", bemerkte Fyllie.

„Wieso? Woher willst du das wissen?", fragte Christian kauend, denn er hatte die Situation genutzt, einen Pfannkuchen aus Fyllies Rucksack zu angeln, da er diesem Duft nicht widerstehen konnte.

„Ja, ist doch klar. Hier können überall Bäume wachsen und Vögel fliegen. Also wenn es stimmt, was die Windreps erzählen, dann kann Deponien hier nirgendwo sein! Ist doch logisch!"

Toms Stimme klang ebenfalls überzeugt.

Olli pflichtete ihm nickend bei.

„Das heißt aber ja nicht, meine Freunde, dass der Weg dorthin falsch ist!" Schrotte legte mit großer Anstrengung seine blecherne Stirn in Falten.

Müllis Gedanken flitzten in ihrem Kopf hin und her. Schrotte hatte recht. Alle hatten recht. Die Aussage der Windreps warf erneut Fragen auf. Zumindest glaubten sie zu wissen, wo es nicht ist.

„Wir begleiten euch gerne, im Moment ist kein Sturm angesagt, da haben wir Zeit.“

„Mit euch sind wir viel schneller. Wir haben uns in der Burg etwas länger aufgehalten“, ergänzte Schrotte und räusperte sich verlegen.

Windolf und Windörte legten ihre luftige Blähbäuche wie Luftmatratzen unter Müllis Flitzpiepe und Schrotte und rissen sie in Windeseile mit sich, dem Horizont entgegen.

Sie durchstreiften herrliche Landschaften, wie die Kinder, Mülliane und Schrotte sie noch nie erblickt hatten. Grüne Wälder, so weit das Auge reichte; Seen, die im Sonnenlicht glitzerten wie Millionen von Edelsteinen; Strände, weiß wie Schnee an türkisfarbenen Meeren.

Strahlend stark und beeindruckend! Still und fassungslos über die Schönheit der Welt glitten sie schwerelos dahin. Windolf und Windörte drosselten zeitweise die Geschwindigkeit, um ihren Schützlingen mehr Zeit zum Erfassen der herrlichen Aussicht zu geben. Lange sprachen sie kein Wort, denn die Bilder sprachen für sich.

Doch auch andere Seiten dieser Welt breiteten sich vor ihren Augen aus. Umweltsünden, die die Menschen ihr angetan hatten, kamen zum Vorschein.

„Was sind das für Nippelchen, die aus dem Boden herauspicken?“, fragte Christian interessiert.

„Alles abgesägte Bäume. War das herrlich, als wir hier mit den Windsors durch die Wälder rauschen konnten!", erzählte Windolf aus vergangenen Tagen.

Mit diesen Worten atmete er tief aus, so dass Mülli mit Fyllie und Christian auf Flitzpiepe ins Trudeln gerieten. Die Hexenmädels strampelten und schimpften mit Flitzpiepe.

„Hui!", quietschte Fyllie auf. „Hey, Windolf!"

Mülliane lachte diesmal nicht mit. Sie sah Windolfs ernstes, trauriges Gesicht und verstummte.

Mülli verstand mehr und mehr die Zusammenhänge. Es gab nette und liebe Menschen wie Olaf und Otto, die niemandem etwas Böses zuleide tun konnten. Und es gab welche, die rücksichtslos und gemein waren, wie die Leute von Raffgier.

Das Land wurde karger, die Natur zog sich mehr und mehr zurück und die Städte wurden größer mit riesigen Gebäuden und unzähligen hohen Schornsteinen, die weit in den Himmel ragten.

„Hier sieht es aber hässlich aus!", meinte Christian.

„Die Luft ist nicht mehr so frisch!", registrierte Schrotte mit rümpfender Nase.

„Genau genommen, hier stinkt es!", bemerkte Mülli und verzog angeekelt das Gesicht.

Eine Dunstglocke verschleierte die Sonne in diesem Augenblick. Die anderen hielten sich zeitweise die Nase zu.

„Puuh!"

Windolf und Windörte schnaubten heftig durch ihre riesigen Nasenlöcher, um den Mief zu vertreiben, aber es hatte keinen Zweck.

„Hier riecht es leider schon längere Zeit so", bemerkte Windörte. „Mitten in der Stadt ist im vergangenen Jahr eine riesige Fabrik gebaut worden. Seht ihr das graue Gebäude mit den beiden schwarzen Abluftriesen? Schornsteine kann man das nicht mehr nennen", fuhr sie traurig fort. „Früher war hier richtig viel los. Viele Kinder spielten hier und tobten durch die Gärten. Dort habe ich mich manchmal eingekleidet." Windörte träumte für einen Moment von ihrem Rosenblütenkleid im vergangenen Sommer. Aber das war Vergangenheit. Auch Windörtes Blick verfinsterte sich.

„Das kann nur Raffgier sein!", stieß Tom hervor. „Immer wieder Raffgier! Sagt bloß, der ist schon hier angekommen!"

Müllis Nase wechselte gerade die Nasenfarbe von Weiß auf Braunviolett, als sie diese Worte hörte. Schrotte flatterte so stark mit den Seitenrudern, das Tom und Olli fast heruntergefallen wären. Ja, immer wieder Raffgier. Er schien überall auf der Welt aufzutauchen!

Der Dunst entwickelte sich zu schwarzem Rauch, der ihnen den Atem raubte. Fyllie verdeckte mit einem Tuch ihren Mund und Christian zog den Kopf ein wie eine Schildkröte.

Sie schwebten unmittelbar über einem der riesigen Abluftürme, als Windolf Mülli spontan auf Windörte ablud.

Er blähte seinen Bauch auf wie ein Ballon, ächzte und wechselte die Farbe. Eisblau schimmerte sein Körper und ein Eiszapfen wuchs an seiner dicken Nase. Windörte dachte wohl auch, dass er jeden Moment platzen würde, wenn er nicht endlich Dampf abließ. Wie ein Sturm ließ er seinen eiskalten Atem in einen der schwarzen Türme donnern.

Die Fabrik bebte. Die beiden Ablufttürme schwankten krachend hin und her. Blitzeis machte sich knisternd auf den riesigen Kolossen breit und überzog sie in Windeseile. Das gesamte Gebäude war innerhalb kürzester Zeit ein riesiger Eiswürfel. Fensterscheiben zerbarsten vor Kälte. Menschen rannten wie kleine Ameisen aus dem Gebäude auf den Vorplatz, um vor diesem schrecklichen Eis, das alles innerhalb weniger Sekunden erstarren ließ, zu flüchten. Die rauchenden Riesen erloschen. Die Maschinen verstummten. Das Hauptgebäude knackte und knirschte vor Kälte in die plötzliche Stille.

Während Windolf in den einen Turm blies, flogen aus dem anderen schwarze gefrorene Schneeflocken im hohen Bogen heraus und rieselten auf die gesamte Stadt herab. Windolf atmete heftig auch die letzten Luftreste aus, denn sonst hätte er mit seinem dicken Bauch niemals in den Turm hineingepasst. Mit Anlauf sauste Windolf in einen der Türme hinein, um begeistert sein Werk zu bestaunen.

„Toll!", dachte er. „Ha, denen habe ich es aber gegeben!"

Es herrschte Chaos! Die Angestellten liefen zuerst wie wild gackernde Hühner hin und her. „Überfall!" – „Schneesturm voraus!" – „Nichts wie weg!"

Windolf hielt sich den Bauch vor Lachen. Da erschraken sie noch mehr.

Woher kam dieses fürchterliche Grollen? Der verängstigte Haufen Menschen starrte in den Himmel, während sie wie die Pinguine ihre Bäuche dicht aneinander drängten und mit den Zähnen klapperten. Windolf blies noch einige Male in die Türme und die Fenster, bis alles endgültig zu einem großen

Klumpen gefror. Aus den aufziehenden Gewitterwolken entwickelte sich ein heftiges Schneegestöber, das über das Fabrikgelände hinwegfegte.

Begeistert beobachteten die sechs mit Windörte auf einem gemütlichen Wolkensofa dieses Schauspiel. Windolfs kalter Atem hatte die Fabrik erstarren lassen. Jede Rauchschwade erfror und sank zu Boden. Die Zeit schien jetzt stillzustehen. Die Kinder jubelten.

„Das dauert erst einmal eine ganze Weile, bis die Eiszeit hier wieder aufhören wird, Kinder. Aber diesmal konnte ich mich nicht mehr beherrschen! Die machen erst mal eine Zwangspause!", brummte Windolf, sehr zufrieden mit dem Ergebnis und legte sich gemütlich auf ein angefrorenes Wolkenbrett. Von dort hatte er einen guten Blick auf die Leute, die nun hilflos zentimetertief im Schnee standen.

Raffgier

Unternehmer Hein Raffgier war außer sich. Wie konnte das passieren! Eine eisige Windhose brachte seine Fabrik zum Stillstand. Las denn keiner die Wettervorhersage? Sein Ingenieur konnte etwas erleben! Das würde ihm schlimmstenfalls seinen Job kosten. Raffgier tobte! Wenn eine seiner Fabriken einen Tag nicht produzierte, verlor er Geld, sehr viel Geld. Die neuen

Mülllieferungen würden sich vor der Fabrik stauen, konnten nicht verarbeitet werden und irgendwann ging nichts mehr vor oder zurück.

Raffgier war Widerstand nicht gewöhnt, denn bisher hatte er alles bekommen, was er wollte. Er duldete keinen Widerspruch! Wer nicht nach seiner Pfeife tanzte, flog raus.

Draußen vor den Fabriktoren standen jede Menge Leute, die nur auf einen freien Platz in einer seiner Fabriken warteten und bedingungslos für ihn arbeiten wollten. Raffgier nutzte dies gnadenlos aus.

Ungläubig starrte Paul Wetter, der Ingenieur, von seinem Schaltpult in der Fabrikhalle auf, als die eisige Luft durch den Raum jagte und alles gefrieren ließ.

Paul brüllte spontan: „Alles raus! Raus!" Er musste seine Männer schützen. Er war verantwortlich für sie.

Viele rannten mit ihm auf den Vorplatz, ungläubig starrten sie in das Schneegestöber.

Sie hielten es für ein Wetterphänomen, von dem sie offensichtlich überrascht worden waren. Das Wetter wurde zunehmend unberechenbarer und niemand konnte etwas dafür, glaubten sie.

Niemand sah die beiden windigen Luftmatratzen am Himmel mit den jubelnden Kindern, Mülli und Schrotte.

An eine Rückkehr in das Fabrikgebäude war nicht zu denken, das war Paul Wetter klar. Er schickte seine Leute erst einmal nach Hause, damit sie nicht krank wurden vor Kälte.

„Ich melde mich bei euch, wenn wir klarer sehen und es weitergehen kann!", teilte er seinen Arbeitern mit.

Alle nickten zustimmend. Sie vertrauten ihm. Paul Wetter stand hinter seinen Leuten. Er würde schon die richtige Entscheidung treffen.

Langsam ging der Tag zur Neige, es wurde Zeit für Mülli, Schrotte und ihre Freunde. Ein geeignetes Nachtquartier musste her.

Die große Enttäuschung

Abends saß Paul Wetter sehr still am Abendbrottisch seiner Familie und starrte vor sich hin.

„Du, Papa! Papa, spielen wir gleich noch ein bisschen Fußball im Hof?", fragte Jan kauend.

„Ach, Jan, ich glaube heute bin ich zu müde dafür", antwortete Paul geistesabwesend.

Frau Wetter spürte, dass irgendetwas nicht stimmte. „Du kannst noch zu Simon nach nebenan für eine halbe Stunde. Er wollte dir seinen Hubschrauber zeigen", fiel Frau Wetter spontan ein. „Er hat vorhin angerufen, als du noch unterwegs warst."

„Oh, prima. Bis gleich!" Jan sprang auf und entschwand Richtung Schuppen, um sein Fahrrad zu holen.

Frau Wetter griff nach der Hand ihres Mannes.

Herr Wetter sah seine Frau traurig an: „Luise, ich muss dir etwas erzählen …"

Jan stürmte zum Schuppen und riss die Türe weit auf. Die Abendsonne strahlte in das Innere des Schuppens. Erschrocken blieb er in der Tür stehen. So etwas hatte er noch nie gesehen; ein Mädchen mit einer faszinierenden Nase, irgendwie war sie anders als die Mädchen, die er kannte. Ein Junge in einer coolen Rüstung, der gerade seinen Bauch polierte. Dahinter kamen vier Kinder zum Vorschein. Ein kräftiger Windstoß fegte aus dem Schuppen und warf Jan zu Boden.

„Du kannst den Mund wieder zumachen. Wir sind nur auf der Durchreise und suchen ein Nachtplätzchen. Dein Schuppen ist da genau richtig", erklärte Mülli dem staunenden Jan.

„Wo kommt ihr denn her?"

Schrotte erzählte ihm von Deponien, aber es sehr schwierig sei, den richtigen Weg zu finden.

Auch Jan kannte Deponien nicht. Aber er war von der Idee begeistert, dass sie in seinem Schuppen übernachten wollten.

„Braucht ihr etwas zu essen? Ich könnte etwas besorgen!", meinte er eifrig.

„Nicht nötig. Wir haben die weltbesten Pfannkuchen dabei. Möchtest du mal probieren?"

Tom hielt ihm den Pfannkuchenrucksack unter die Nase, aus dem der feine Geruch direkt in Jans Nase strömte. Schon saßen sie gemeinsam im Schuppen und aßen lauwarme Pfannkuchen, heute mit geraspelten Äpfeln, Rosinen, Zimt und Zucker.

„Wie geht das? Lauwarme Pfannkuchen in einem Rucksack! Ist da eine Bratpfanne drin?", fragte Jan mit vollgestopftem Mund.

„Oma Traudich, die beste Oma auf dieser Welt, hat uns den Pfannkuchenrucksack mitgegeben. Leer gefuttert haben wir ihn schon mal, aber mit der Zeit wird er wieder schwerer und dann sind wieder neue frische darin", erklärte Fyllie andächtig.

„Ja … und immer wieder andere! Ist jedes Mal eine Überraschung", ergänzte Christian und griff nach dem dritten Pfannkuchen.

Nach dem Essen zeigte Jan allen den Bauernhof, auf dem er mit seinen Eltern lebte.

„Wie bei Oma Traudich!", flüsterte Fyllie in Müllis Ohr.

Mülli spürte Fyllies Heimweh und legte ihr liebevoll den Arm um die Schultern. Tom schrieb inzwischen Fred den aktuellen Stand der Dinge und Schrotte ölte seine Seitenruder für den nächsten Tag.

Während sie über die Reise, Schrottplätze und Mülldeponien sprachen, meinte Jan plötzlich: „Mein Vater ist der Chef in einer Müllfabrik." Jan war sehr stolz auf ihn und berichtete ausführlich von der Arbeit seines Vaters.

„Das hört sich ganz nach Raffgier an!", warf Tom auf einmal ein, nachdem er Jans Bericht interessiert zugehört hatte.

„Ja, er heißt Raffgier. Ich nenne ihn Onkel Raffe. Mein Vater ist der erste Ingenieur im Raffgierwerk in unserer Stadt", verkündete Jan.

„Jan, cs tut mir leid, aber Raffgier ist der größte Müllpirat, den es weit und breit gibt!"

Jan war wie vom Donner gerührt.

Tom berichtete über die illegale Müllverarbeitung in den Fabriken und Raffgiers Machenschaften.

Entsetzt wich Jan zurück. Eine Welt brach gerade Stück für Stück für ihn zusammen. Ungläubig schüttelte er den Kopf und verzog das Gesicht. Sein Vater sollte mit Raffgier solch schreckliche Dinge tun? Unfassbar! Er wusste, dass sein Vater nichts auf Raffgier kommen ließ und voll hinter ihm stand. Jans Vater hatte gemeinsam mit Raffgier das Unternehmen aufgebaut. Er war Raffgiers rechte Hand.

„Ich muss jetzt gehen. Ich komme morgen wieder!"

Es war spät geworden. In Jans Kopf rasten die Gedanken. Sein Papa war der beste der Welt! Oh, Papa! Simon hatte er völlig vergessen. Da es bereits dunkel wurde, verabschiedete er sich und rannte zum Haus zurück.

Seine Eltern saßen still in der Küche. Mama hielt Papas Hand. Die Gedanken kreisten immer wieder um Raffgier.

Jan lief ohne ein Wort an der Küche vorbei in sein Zimmer und kroch ermattet in sein Bett. Die Tränen schossen ihm in die Augen. Es tat so weh! Konnte es wirklich stimmen?

Darüber schlief er ein und träumte von .... Deponien, einem Ort, den er nicht kannte, von einer Rakete, in der Raffgier und sein Vater saßen, die in den Weltraum geschossen wurde und nie mehr zurückkam. Sein Vater rettete sich im letzten Moment mit einem Fallschirm. Der Wind trug ihn sicher zurück auf die Erde.

Schweißgebadet wachte Jan auf. Der Mond leuchtete. Jan schlich im Mondschein zum Teich, der hinter dem Haus lag. Die Luft kühlte seine heißen Wangen. Mülli und Schrotte wachten vor dem Schuppen über die Kinder, die friedlich im Heu schliefen.

Jan entdeckte sie und trottete gesenkten Kopfes zu ihnen.

„Es ist hart für dich, solche Dinge zu hören, wenn es der eigene Vater ist, nicht wahr?" Schrotte legte seine schwere Metallpfote auf Jans Arm.

„Dein Vater ist da in eine Sache geraten und hat es vielleicht erst gar nicht gemerkt", wollte Mülliane ihn trösten. „Wir haben auch erst eine Weile gebraucht, bis wir verstanden haben, dass Raffgier der Drahtzieher im illegalen Müllgeschäft ist."

Jan schöpfte wieder Hoffnung. Er würde einfach mit seinem Vater sprechen. Dies hatten sie immer getan, wenn Probleme auftauchten. Reden, diskutieren und den Himmel beobachten. Dann gab es bisher immer eine Lösung. Einmal hatten sie fast eine ganze Nacht geredet. Am nächsten Tag waren beide zwar sehr müde gewesen, aber glücklich. Meist wanderten sie dann in den Wald und genossen schweigsam die frische Waldluft. Einige wenige Blicke reichten dann aus. Das Band zwischen ihnen wurde jedes Mal noch stärker als zuvor.

„Wir werden morgen in aller Frühe weiterfliegen. Wir senden dir eine Nachricht, sobald wir mehr wissen. Halte die Ohren steif, Jan!", sagte Mülliane.

Schrotte klopfte ihm zum Abschied auf die Schulter.

Wieder im Bett, starrte Jan an die Decke seines Zimmers. Nach dem Gespräch mit Mülli und Schrotte fühlte er Erleichterung und Wut zugleich. In was hatte Raffgier seinen Vater nur hineingezogen? Er würde der Sache auf den Grund gehen …

Früh am Morgen brachen Mülliane und Schrotte auf. Windörte und Windolf eilten noch früher voraus, um beim nächsten Gewitter dabei zu sein. Schlaftrunken hingen die Kinder auf Mülliane und Schrotte. Christian lag zusammengerollt auf Flitzpiepes Floddern. Die Hexenmädels gaben auf ihn acht und kümmerten sich um ihn.

Die Reise strengte alle trotz der Pausen und guten Verpflegung zunehmend an.

Mülli holte alles aus Flitzpiepe heraus, um noch schneller zu werden, aber an Windolfs und Windörtes Fluggeschwindigkeit reichte sie leider nicht heran. Sie wich mit Schrotte im Schlepptau einem Regengebiet mit aufziehendem Gewitter aus. Das Land, das sie überquerten, wurde unwegsamer. Hohe Gebirge und tiefe zerklüftete Schluchten lagen auf ihrem Weg.

Hüterin der Erde und des Lebens

Von Weitem schon erkannte Mülli eine riesige Felsspalte, aus der Bäume herauswuchsen. Wie sonderbar! Die Baumkronen ragten wie Pilze hervor.

Plötzlich löste sich Fyllies Rucksack, wie von Geisterhand bewegt, von ihrer Schulter und stürzte an den Bäumen entlang in die schwarze Tiefe. Fyllie war eingeschlafen und bemerkte das Herabgleiten des Sackes zuerst nicht, der schwer voller leckerer Pfannkuchen nach unten zog.

„Oh Schreck!", entfuhr es Fyllie, als sie erwachte und dem Rucksack hinterhersah. Sie versuchte noch, nach einer Schnalle zu greifen.

„Fyllie, unsere Pfannkuchen!", schrie Tom. Er sah seine nächste Mahlzeit an den Baumstämmen entlangsausen.

„Halt! Stopp!", brüllte Mülli Schrotte zu.

Flink bremste er und kehrte um.

„Unsere Verpflegung ist gerade abgestürzt."

Schrotte reagierte sofort. Mit eingeklapptem Seitenruder kurvte er hinter Mülli her, die abwärts um Äste und Blattwerk steuerte und den fallenden Sack nicht für eine Sekunde aus den Augen verlor.

Das Licht des Tages schwand, je weiter sie in das Innere dieser schmalen Schlucht gerieten. Es roch zunehmend erdig. Die gesamte Umgebung wurde düster. Seltsamerweise wurde es immer wärmer, je tiefer sie sausten.

„Unheimlich hier!", flüsterte Olli in Toms Ohr.

Wurzeln hingen aus den Seitenwänden heraus und versuchten, nach neuem Boden zu greifen. Christian kroch ein Schauer über den Rücken, sodass er trotz der Wärme fror. Warum war nur der blöde Sack ausgerechnet in dieses Loch geplumpst?

Sie erreichten den moosbewachsenen Boden. Er tauchte die Umgebung in ein gelbgrünliches Licht. Fyllie spürte den warmen und weichen Boden unter ihren Füßen, als sie von Flitzpiepe abstieg. Schrotte landete neben ihr.

Tom schnupperte, der erdige Duft war verschwunden. Stattdessen duftete es nach Kräutern, nach frischen Kräutern und - nach Oma Traudichs Pfannkuchen!

Hexen hören ausgesprochen gut, daher vernahm Mülli als Einzige das leise Schmatzen und Schnalzen hinter einem der Baumstämme.

„Kommt mit! Hinter dem Baum!" Mülli gab ein Zeichen. Auf leisen Sohlen schlichen sie Mülli hinterher.

„Ha, erwischt!" Triumphierend überraschte sie eine kleine runde Gestalt.

Eine steinalte Frau saß auf einem abgesägten Baumstumpf. Sie trug einen hohen spitzen Hut. Ihre schwarzen Haare kringelten sich um ihr zerfurchtes erdfarbenes Gesicht mit vielen Runzeln und einem großen Mund, der genüsslich kaute, denn so etwas Köstliches war ihr schon lange nicht mehr vor die knubbelige Nase geraten. Wie ein kleines Fass thronte sie vor Fyllies Rucksack.

Sie bekam keinen Ton heraus, da sie gerade einen ganzen Pfannkuchen von Oma Traudich auf einmal vertilgte. Vor Schreck lief ihr Gesicht rot an und sie verschluckte sich fürchterlich. Sie hustete wie ein Wildschwein, fand Christian.

Schrotte kam ihr sofort zur Hilfe und klopfte ihr mitfühlend, aber heftig auf den Rücken.

Ein großes Stück Pfannkuchen flog aus ihrem aufgerissenen Mund und blieb an einem Baum kleben, als sie nach Luft schnappte. Danach kehrte ihre erdige Gesichtsfarbe wieder zurück.

„Hab Dank, mein Junge! Ich glaube, ohne dich wäre ich beinahe erstickt", japste sie außer Atem.

„Du hast Fyllie den Rucksack vom Arm geholt, nicht wahr? Widerspruch ist zwecklos!"

Grinsend, die Hände in die Seiten gestützt, wartete Mülli auf eine Antwort von ihr.

„Nun ja, so herrliche Pfannkuchen kommen nicht alle Tage hier vorbeigeflogen. Ich konnte sie schon vor einer Stunde riechen", erklärte sie. „Nun können wir gemeinsam in meiner Grotte essen. Ich habe einen Kräuterpunsch aufgesetzt, der passt hervorragend dazu!"

Nickend nahmen die Freunde diese Einladung an.

Während sie sprach und mit ihren kurzen krummen Beinen Richtung Grotte marschierte, folgten ihr Mülli und die anderen. Diese Frau machte einen freundlichen Eindruck und eine Tasse Kräuterpunsch war auch nicht zu verachten.

„Mir kommt sie irgendwie bekannt vor", dachte Mülli. „Aber woher?"

Kurze Zeit später saßen sie im Kreis um einen gusseisernen Kräuterkessel, der auf einem uralten Küchenofen dampfte. Es brodelte und brutzelte darin und hin und wieder schwappte eine Kräuterblase über den Kesselrand. Es stellte sich heraus, dass die alte Frau Babsi Jäger im tiefen Tal hieß und keinen großen Wert auf die Gesellschaft von Menschen legte.

„Ihr seid eine Ausnahme!", sagte sie lächelnd, „die leckeren Pfannkuchen haben mich sofort überzeugt!"

Ihre wachsamen goldgelben Augen blickten neugierig von einem zum anderen, während sie genüsslich auf dem nächsten Pfannkuchen kaute. Dabei stippte ihre knubbelige Nase jedes Mal in Oma Traudichs Schinkensenfsoße. Im Laufe ihres langen Lebens hatte sie mit Menschen so manche schlechte Erfahrung gemacht.

„Alles Wichtige für mein Leben finde ich hier. In der Stille finde ich Weisheit und Erkenntnisse über den Lauf der Welt, wisst ihr. Außerdem ziehe ich die Gesellschaft meiner Bewohner vor."

Weit und breit war niemand von diesen Bewohnern zu sehen.

„Menschlichen Kontakt vermeiden sie, wo sie nur können. Aber erzählt, wer seid ihr und was führt euch in diese Gegend?"

Sie hörte ihren Erzählungen mit wissendem Blick zu. Diese Art von Geschichten waren ihr nicht neu. Aber diese Kinder beeindruckten sie mit ihrem Mut, die Dinge selbst in die Hand zu nehmen. Vor allem Graf Schrottus und Mülliane, zwei ganz außergewöhnliche Kreaturen von Kinderhand erschaffen. Sie wollte bei Gelegenheit die Meinung über Menschen nochmals überdenken. Zumindest Kinder von ihrer schlechten Meinung aussparen! Der Kräuterpunsch erwärmte ihre Herzen und die Geschehnisse der vergangenen Tage ließen sich besser verarbeiten.

„Kinder, ruht euch aus, ich zeige Mülli gerne die Ausläufer meiner Grotte", dabei blickte sie Mülli eindringlich auffordernd an.

Mülli, von Natur aus neugierig, folgte Babsi gerne.

„Graf Schrottus von und aus Deponien, siehst du oben auf dem Regal die kleine Ölkanne? Das Öl darin ist ideal zum Polieren geeignet."

Schrotte griff nach der unscheinbaren Ölkanne, die völlig verstaubt hinter einem Spinnennetz stand, als hätte sie dort seit vielen Jahren nur auf ihn gewartet.

„Oh, ein feines Tröpfchen!", stellte er fest und zog sein Poliertuch aus der Bauchklappe.

Babsi Jäger und Mülli marschierten zielstrebig in den hinteren Teil der Grotte, die viel größer und höher war, als Mülli vermutet hätte. All die Dinge, die ihr wichtig waren, hatte Babsi zusammengetragen und mitgenommen, bevor sie ihr zweites Leben hier im tiefen Tal begann. „Ihre Bewohner" gesellten sich mit den Jahren zu ihr, erzählte sie.

Müllis Augen schweiften über all die Gegenstände und Errungenschaften.

Alte Trinkhörner aus der Wikingerzeit, die ersten Weltkarten … Vergilbt und abgenutzt lagen sie auf einem schweren großen Schreibtisch mit geschwungenen Füßen. Ein großes Tintenfass mit Schreibfeder thronte magisch zwischen Babsis Aufzeichnungen auf der Tischplatte, die erhebliche Gebrauchsspuren aufwies. Es raschelte hier und huschte dort, unsichtbar, denn immer, wenn Mülli genau hinsah oder hinhörte, war er, sie oder es schon verschwunden.

Babsi wollte mit Mülli unter vier Augen sprechen.

„Ich hoffe, du weißt, auf was du dich einlässt, Mülliane. Leute wie Raffgier hat es immer schon gegeben. Du musst nicht glauben, dass er auf Kinder Rücksicht nehmen wird. Hier geht es um Geld, um viel Geld und Macht!" Babsi sprach scharf und eindringlich, ihre Augen blitzten zornig. Mülli nickte.

„Ich bin zwar noch nicht so lange auf dieser Welt, aber das ist mir klar geworden. Im vergangenen Jahr haben wir bereits unsere Erfahrungen mit Müllpiraten gemacht. Aber diesmal geht es um viel mehr. Wir verlieren diese Welt, wenn Raffgier nicht gestoppt wird. Wir lassen die Kinder nicht im Stich. Danach wollen Schrotte, die anderen Blechbüchsen und ich nach Deponien reisen. Dort ist unsere Heimat. Das fühle ich in meiner Nasenspitze."

„Deponien habe ich zwar noch nie gehört, aber ich könnte mir vorstellen, wo es auf keinen Fall ist!"

Diese Aussage erstaunte Mülli nicht, hatten die oberen Windreps doch eine ähnliche Meinung.

„Wie jetzt? Wie meinst du das? Wo es auf keinen Fall ist?"

Was wusste diese Babsi Jäger aus dem tiefen Tal?

Nach einer Pause schaute Babsi in Müllis große Hexenaugen. „Ich glaube, Deponien ist auf dieser Welt nicht zu finden!"

„Wie kommst du darauf? Du weißt mehr, als du zugeben willst. Bist du eine Wahrsagerin?"

Mülli dachte von Anfang an, dass Babsi etwas Magisches umgab.

„Eine uralte verschrobene Hexe, eine alte Baba Jaga bin ich! Die Hüterin der Erde und des Lebens!", antwortete Babsi Jäger geheimnisvoll mit einem Blitzen aus ihren funkelnden Augen. Ein Hexenkichern schüttelte ihren Körper.

„Habe ich es doch gewusst", dachte Mülli.

Endlich! Jetzt wusste sie, an wen Babsi sie erinnerte. War doch klar! An Oma Traudich, die äußerliche Ähnlichkeit war erst bei genauem Hinsehen zu erkennen.

„Du kennst sicherlich Oma Traudich, nicht wahr?"

„Oh, Traudel? Nennt ihr sie Oma Traudich? Traudel war schon immer ausgesprochen mutig. Sie wollte aber nie eine richtige Hexe sein, leider! Sie ist meine Nichte. Ein widerspenstiges Mädchen! Sie war damals sehr eigensinnig", erzählte Babsi verdrießlich.

„Sie ist trotzdem eine Hexe, eine widerspenstige eben. Das kann man sich nicht aussuchen, Babsi."

Mülli und Babsi zog es noch tiefer in die Grotte hinein, denn dort gab es allerhand Hexenwerk und Magie, ein Paradies für wahre Hexen. Mülli lernte von Babsi, wie die Welt funktionierte, anders als Tom es ihr erklärte. Sie tauschten Hexensprüche und die besten Tricks aus.

Mülli spürte die scheuen Augen, die sie musterten. Die Wände und Gegenstände schienen jede ihrer Bewegungen zu beobachten. Sehen konnte sie nichts, aber es grummelte hier und da.

Ungestörtes Hexen weit im Inneren der Grotte, tief in der Erde machte Babsi am meisten Spaß. Mülli genoss es ebenfalls. Die Wände wurden von vielen Wurzeln, wie lange Finger durchzogen. Die scheinbar neugierig das Ende der Welt suchten, um hier zu verweilen und ihre Aufgabe erfüllten. Mülli betrachtete die Vielfalt der gewundenen Wurzelenden und erkannte geheimnisvolle kleine Beutel. Wie Tropfen nach einem starken Regen hingen sie an den Verästelungen der Wurzelfinger. Keiner glich dem anderen. Ein plätscherndes Geräusch von Wasser, das unaufhörlich an den Ästen entlanglief und in der hohen Grotte wie Musik widerhallte, faszinierte Mülli.

„Es gibt auf deine Fragen Antworten."

Auffordernd blickte Babsi Mülli an.

„Auf welche Frage wollte sie eine Antwort? Wo Deponien war? Welcher Weg dorthin führte? Oder – war Deponien der richtige Ort für uns?", fragte sie sich. „Nicht so einfach, Babsi."

Mülli dachte angestrengt nach. Zufrieden wackelte Babsi auf ihren krummen Beinen zurück, um nach den Kindern zu sehen.

Mülli betrachtete die hohe Wand, die weit oben irgendwo im Dunkeln endete. Sie schwang sich auf Flitzpiepe und schwebte bis unter die Decke der Grotte. Hier hatte sie einen guten Überblick über dieses wohl einmalige Naturschauspiel. Einige der Beutel schienen einen Gegenstand zu umschließen, andere hingen schlaff herunter.

„Suche, dann findest du. Suchst du nicht, findest du auch nichts!" Eine bärige Stimme tönte durch die Grotte. Die Wände warfen ein eindringliches Echo in Müllis Ohr zurück.

Flitzpiepe sprang erschrocken eine Besenlänge rückwärts und den Hexenmädels stockte der Atem. Mülli suchte mit ihren scharfen Hexenaugen geschwind die Grottenwand nach etwas Auffälligem ab, konnte jedoch nichts entdecken. Plötzlich erspähte sie die Konturen eines Wesens. Es löste sich aus der wurzeligen Wand wie ein Puzzleteil heraus.

„Mein Name ist Noerd Wurzelfing. Herzlich willkommen in der Grotte des Lebens und der Erde! Ich hatte schon lange keinen Besuch mehr."

Noerd streckte seinen wurzeligen, drahtigen Körper, der nicht größer als ein Waldschrat war. Sein mit Moos überwachsener knorriger Körper knirschte und knackte. Schon lange ruhte er in den Wurzeln von Babsi Jäger. Mülli bewunderte seinen Kopf. Er trug viele Wurzelfinger mit kleinen Verästelungen wie eine Baumkrone direkt über den Augen. Schnecken, Kellerasseln und einige Pilze siedelten bereits dort an den feuchten Stellen.

„Ich bin Mülli, ich meine Hexe Mülliane", sagte Mülli, als sie ihre Sprache wiederfand. „Wir suchen den Weg nach Deponien. Kennst du ihn?", fragte sie, so wie es ihre Art war.

„Ja, Deponien. Jeder sucht sein Deponien, nicht war?"

Noerds erdiges Gesicht schaute nachdenklich. Dabei bröckelte immerzu schwarze Erde aus seinen Falten und rieselte auf den Boden herab. Seine Wurzelfingerfrisur bewegte sich schaukelnd hin und her. So konnte er besser denken.

Mülli wurde ungeduldig. Was für eine Antwort! Dies brachte sie nicht weiter! Als hätte Noerd ihre Gedanken gelesen.

„In der Ruhe liegt die Erkenntnis, Hexe Mülliane!" Fast bedrohlich wirkten diese Worte auf die nicht gerade mit Geduld gesegnete Mülli. „Es ist kein Zufall, dass du den Weg hierher gefunden hast." Noerd Wurzelfing setzte sich auf die stärkste Wurzel, die aus der Wand ragte und betrachtete Mülli mit seinen schwarzen runden Augen.

„Weißt du, wir haben nicht viel Zeit. Böse Menschen treiben ihr Unwesen oben auf der Erde. Meine Freunde, es sind Menschenkinder, müssen bald nach Hause zurückkehren, daher läuft uns die Zeit davon."

„Böse Menschen hat es schon immer gegeben. Sie bekämpfen die Welt, um ihren Vorteil daraus zu ziehen. Sie sind dumm genug, nicht zu erkennen, dass sie sich selbst bekämpfen und die Welt zerstören. Sie werden mit ihr untergehen. Das ist sicher. Das kannst du nicht verhindern", meinte Noerd zu wissen.

„Im Gegensatz zu dir werde ich nicht aufgeben!" Müllis Kampfgeist loderte in ihr auf. „Die Kinder dieser Welt sind allmächtig! Viele wissen es nur noch nicht! Gemeinsam werden wir es schaffen!"

Müllis Nase dampfte braunviolett mit diesen Worten. Dieser Noerd hatte ja keine Ahnung!

Noerds Mund umspielte ein Lächeln. Er kratzte aus seinem Kinngrübchen einen schlafenden Käfer, der dort überwintern wollte und schob ihn in ein Erdloch in die Grottenwand.

„Du sollst für deinen Mut belohnt werden, Hexe Mülliane!"

Kurz darauf verschwand Noerd Wurzelfing, wie er gekommen war und verband sich wieder mit der Grottenwand. Perplex untersuchte Mülli die knorrige Wurzelwand mit ihren Plastikfingern und tastete jeden Zentimeter ab, aber von Noerd war keine Spur mehr zu entdecken.

Ihr fiel ein zartes Licht auf. Es leuchtete klein und zaghaft an einer Wurzel. Genau an der Stelle, die Noerd verschluckt hatte. Es blitzte zeitweise auf. Magisch angezogen schwebte Mülli auf Flitzpiepe näher an das Licht heran. Sie erkannte einen Beutel, der dieses Licht immer wieder hervorbrachte. Sie ließ ihn nicht aus den Augen. Ein schwacher Schein aus der Dunkelheit, tieflila bis erdigbraun. Sie fühlte, hier wartete eine Antwort auf sie.

Wie gebannt streckte Mülli ihre leise knisternden Finger nach dem geheimnisvollen Gegenstand aus, der im Beutel auf sie zu warten schien. Der Beutel löste sich wie von einer anderen Kraft geführt vom knorrigen Ende der Wurzel und glitt in ihre Hand. Sie schob ihn rasch in die Blütentasche ihres Rockes.

Mülli landete zwischen den hohen Bücherregalen, die auf der anderen Seite der Grotte standen.

„Welche Antwort werde ich finden?"

Aufgeregt zog sie den kleinen erdigen Beutel wieder hervor und tastete die Konturen des Gegenstandes ab. Er fühlte sich glatt, hart und an den Enden spitz an. Mit zitternden Fingern zog sie vorsichtig einen die Farbe wechselnden, leuchtenden Sternenstein heraus. In der Mitte strahlte ein goldgelber Punkt sein Licht in die sternförmigen Enden. Der Punkt wärmte Müllis Hand, während die eiskalte Oberfläche der Sternzacken sie erschauern ließ.

„Wie ungewöhnlich! Oder ist mir so kalt? Aber, wunderschön!", dachte Mülli.

Wie war dieses Zeichen zu deuten?

Mülli hörte Babsis Schritte, wie sie durch die Grotte hallten. Schnell steckte sie den Sternenstein in den Beutel zurück und verstaute ihn sicher in ihrer Blütentasche.

„Gefallen dir die Bücher, Mülli? Ich habe sie aus der ganzen Welt zusammengetragen."

Mülli bemerkte erst jetzt Babsis riesige Bücherregale, die bis an die Decke reichen mochten, aber irgendwo über ihr im Halbdunkel verschwanden. Sie interessierte sich natürlich für Babsis Bücherschätze.

„Hinter den Buchdeckeln ist die gesamte Welt mit all seinen wunderbaren Dingen verborgen", meinte Babsi mit glänzenden Augen und zog ehrfürchtig eines mit ihren knorrigen dürren Fingern, die von Wurzeln kaum zu unterscheiden waren, heraus.

„Ihre Hände ähneln Noerds Wurzelfingern!", fiel Mülli auf.

Das Buch hatte einen auffällig roten Einband, der durch die Staubschicht schimmerte. Es war auch kleiner und nicht so wuchtig wie die anderen. Auf dem Buchrücken erkannte Mülli die Bezeichnung Sternenlicht.

Neugierig schaute sie Babsi über die Schulter. Es ist kein Zufall, dass du hier bist, hatte Noerd gesagt. Mülli glaubte inzwischen ebenfalls, dass sie jetzt hier in der alten Grotte Noerd getroffen, den Sternenstein entdeckt und das Buch Sternenlicht gefunden hatte, musste in einem Zusammenhang stehen.

Das Buch war schon ganz zerfleddert und zerlesen. Es war durch viele Hände gewandert. Die Seiten fielen zum Teil heraus.

Babsi legte es in Müllis Hände. Mülli umklammerte es fest, als wollte man es ihr wieder entreißen. Sie wollte jetzt allein sein und stieg wieder auf Flitzpiepe, die vor Aufregung eine Fuhre Seifenblasen ablud. Mülli bremste unter der Decke der alten Grotte und las mit neugierigen jungen Hexenaugen im Schein des himmelblau leuchtenden Sternensteins in diesem besonderen Buch.

Letzte Vorbereitungen

Zufrieden streckte Fred seine Füße auf den Ofen.

„Fred, du verbrennst dich!", rief Olaf erschrocken. Er konnte es nicht glauben, aber Fred wackelte gemütlich mit seinen Zehen. Die Hitze konnte ihm augenscheinlich nichts anhaben.

Fred kehrte nach dem letzten Gotschigespräch mit Tom zu Talko zurück. Der kniete auf seinen Stelzenbeinen, um seinen drahtigen Kopf tief unter die Motorhaube zu schieben, denn dort hakte es. Es fehlten Kleinteile und Verbindungsstücke, um das Feintuning des Motors zu optimieren. Flugo konnte nur springen, zwar weit, aber nicht hoch. In der Luft wollte er nur wenige Zentimeter über den Boden gleiten.

„Ich muss Talko einfach klarmachen, dass er der Einzige ist, der mit seinen feinen Bauteilen Flugo in den Himmel befördern kann", dachte Fred. „Olaf hat bestimmt noch Material, um Talkos Loch im Bauch, das unweigerlich entstehen würde, zu stopfen."

Talkos rechtes Hüftgelenk steckte bereits in Flugos neuem Fahrgestell, dafür hatte Fred Talko ein ausrangiertes Radlager eingebaut. Talko platzte fast vor Stolz, dass seine Hüfte nun für immer in Flugo verewigt sein sollte und stattdessen ein cooles Radlager seine Hüfte ersetzte.

„Sieht super aus!", fand Talko.

„Jetzt bin ich viel schneller!" Talko flitzte turbomäßig durch die Halle und schwang die rechte Stelze, die tatsächlich viel beweglicher war als vorher. „Jetzt könnt ihr mich auch Talko Rakete nennen." Talko lachte sein schepperndes Lachen und wippte auf seinen Stelzenbeinen hin und her.

Fred sorgte sich trotzdem um seinen Freund, denn er wollte die Anatomie seines Körpers nicht aus dem Gleichgewicht bringen. Umgekehrt fühlte Talko, dass er Opfer bringen musste, damit sie ihrem Ziel Deponien näherkamen. Fred und Talko vertrauten einander bedingungslos. Dies war für beide ein neues und zugleich sehr schönes Gefühl. Hatten sie in ihrem kurzen Leben doch schon andere Erfahrungen gemacht. Fred hatte seinen Platz gefunden. Er wusste jetzt genau, was er wollte.

Eines Morgens, als Fred auf Olafs Schrottplatz auftauchte, bot sich ihm ein erschreckendes Bild; dort, wo gestern noch Ottos Deponie stand, war nichts mehr! Alles war dem Erdboden gleichgemacht. In der Mitte des Platzes hob gerade ein Bagger eine große Grube aus. Entsetzt rannte Fred zu Olaf in die Halle. Dort saß Olaf, den Kopf in die Hände gestützt. Tränen rannen über sein altes faltiges Gesicht. Talko und K. L. erwarteten ihn bereits. Metallmänner konnten nicht weinen, stattdessen liefen einige Tropfen Öl aus den Scharnieren, die sie schniefend abwischten.

„Wo ist Otto?", fragte Fred außer Atem.

„Der hat seine Sachen gepackt und zieht gerade in die Hausmeisterwohnung bei Christian nebenan ein. Ich werde ihm helfen. Ein Teil seiner Habseligkeiten steht noch hier."

Olaf zeigte auf einen Berg aufgetürmter Dinge wie Hausrat und persönliche Sachen, die mitten in der Halle standen. Alles ging so schnell, dass Otto keine Zeit mehr zum Packen übrig hatte, sondern lediglich rettete, was noch zu retten war.

„Was wirst du tun, Olaf? Hier kannst du nicht bleiben! Dies ist viel zu gefährlich."

Fred war wütend. Diesen Halunken würden sie es noch zeigen! Und dieses blöde Flugdingsda! Warum wollte es nicht, wie er und Talko wollten? Er schäumte vor Wut und bekam eine seltsame Gesichtsfarbe. Irgendwie metallisch rot. Er wetzte zurück in die Werkstatt.

„Wir haben keine Zeit zu verlieren, Talko. Los, diese Nacht bringen wir Flugo auf Trab. Ich bin es jetzt leid! Wir müssen endlich los, um die anderen einzuholen. Morgen früh fliegen wir", bestimmte Fred. Seine Stimme klang sehr überzeugend und duldete keinen Widerspruch.

Talko sah erstaunt auf seinen Freund herunter, der zwei Köpfe kleiner war als er.

„Na, dann mal los. Olaf, packe schon mal deinen Koffer. Die anderen Sachen bringen wir auch zu Ottos neuer Wohnung", rief Fred zu Olaf in die Halle hinüber.

Olaf nickte und ging gebeugt in seine Kammer. Er fühlte sich nutzlos. Otto hatte er nicht helfen können.

„Nimm es nicht so schwer, alter Junge – ein selten dämlicher Spruch", fand Olaf. Aber mehr hatte er nicht zustande gebracht, als Otto wie ein Rumpelstilzchen aufgeregt hin und her gesprungen war und gerufen hatte: „Das ist meine Deponie! Das dürfen sie nicht tun! Diese Halunken!" Natürlich war das eine Katastrophe, daran gab es nichts zu beschönigen. Otto verlor gerade sein Zuhause. Und er, Olaf, stand auch bald vor dem Nichts. Ihm würde das Gleiche blühen. Ein Dasein als Hausmeister in einem riesigen Wohnblock mit vielen fremden Menschen, die er nicht kannte, wollte er nicht fristen. Sein schöner Schrottplatz, sein Zuhause, die zweite Heimat seiner Kinder. Seine Welt drohte einzustürzen ... Wie konnte man Raffgier nur stoppen? Es musste einen Weg, irgendeine Möglichkeit geben. Sonst würde er die gesamte Welt niederwalzen.

Olaf wollte alles tun, um dies zu verhindern. Er spürte Raffgiers Nähe wie einen eisigen Hauch, der über seinen Nacken strich und den Rücken herunterfuhr. Unaufhaltsam ...

„K. L., dich brauchen wir auch, Majestät! Döschen, darf ich bitten?" Nachdem Fred seinem Ärger Luft gemacht hatte, ging es ihm schon besser.

K. L. und Döschen standen dicht beieinander. K. L. tätschelte beruhigend Döschens Schulter. Döschen verstand nicht so recht. Es passierte so viel. Fred ging und holte die beiden. Er deutete eine Verbeugung an und marschierte, rechts K. L., links Döschen, Arm in Arm in die Werkstatt.

„Auf geht's!"

„Alles klar. Ich hätte da noch ein paar Drähte übrig, falls du noch welche brauchst, Fred", sagte Talko und sprach Fred damit aus der Seele …

Kalte Luft wehte durch die Werkstatt. Sie fuhr ihnen in die Glieder, wie das schreckliche Treiben in ihrem Stadtteil. Fred fröstelte. Fieberhaft arbeiteten Talko und Fred an Flugo.

K. L. und Döschen liefen immer wieder los und besorgten Schrauben, Drähte und all die Dinge, die Flugo hoffentlich endlich in die Lüfte aufsteigen ließ. Freds Wut, die nach wie vor in ihm brodelte, brachte sogar die eine oder andere Idee zutage.

Magische Worte

Mülli verschlang die Buchstaben und Wörter, als habe sie nie etwas anderes getan.

„Komm, schau mal hier!", rief Mülli Schrotte zu, als er im Halbdunkel die Grotte betrat.

Neugierig schaute er durch Müllis Flodderhaare über ihre Schulter. Mehrere Seiten mit Zeichen, die er nicht zuordnen konnte, Bilder, die an Landkarten erinnerten.

„Ich glaube, dies sind geheimnisvolle Sprüche, die noch ergründet werden wollen!", murmelte Mülli.

„Wie kommst du denn darauf, Mülli?", fragte Schrotte.

„Weil ich sie lesen kann. Als würde jemand einen großen Topf Weisheit über mich gießen. Ich muss es mir noch genau ansehen."

„Du kannst lesen? Woher? Du warst doch nie in der Schule wie die Kinder?"

„Manche Dinge braucht man nicht zu lernen, die sind einfach da – oder, Babsi?"

Babsi, die hinter Schrotte an der Wurzelwand nestelte, nickte zustimmend.

Rätselhafte Zeichnungen mit Türmen, die in den Himmel reichten, verzierten die äußeren Ränder der Buchseiten. Mülli blätterte auf die nächste Seite. Skizzen von planetähnlichen Gebilden rahmten einen geheimnisvollen Spruch ein.

„ Hier steht ... ähm … Achtung, hört zu!"

Worte, einfach abgeschnitten,
der Strom verschwindet im Nichts.
Fenster mit Aussicht, Glück;
Inter Stellas!

„Klingt nicht wie ein Zauberspruch", überlegte Mülli und grübelte, welche Bedeutung dieser Spruch haben könnte.

„Klingt eher wie ein Wegweiser", meinte Babsi beiläufig.

„Wegweiser? Warum Wegweiser? Warum sagte Babsi dies einfach so wie rein zufällig?" Mülli musterte Babsi.

Babsi setzte ein belangloses Gesicht auf, als wüsste sie von nichts. Mülli sortierte die losen Blätter in die richtige Reihenfolge und steckte sie zwischen die Buchdeckel, bis auf das eine mit dem geheimnisvollen Spruch. Unauffällig schob sie es in ihre Blütentasche des Tütenrockes zu ihrem Sternenstein. Sie wollte bei Gelegenheit allein über die Worte nachdenken.

Mülli diskutierte mit Schrotte darüber, dass Flugo nach wie vor nicht fliegen wollte. Flugo war ein echtes Problem!

Schrotte hatte eine glänzende Idee: „Wir werden die Windreps aktivieren. Die können Flugo doch mit Leichtigkeit zu Oma Traudich bringen. Vielleicht sogar bis zu Babsi und uns."

„Ja, genau! Dass wir nicht schon früher darauf gekommen sind!", meinte Mülli begeistert von Schrottes Idee.

„Ich mache einen Rundflug und werde sie fragen, ob sie uns helfen!", ergänzte Schrotte mutig, denn Windolf und Windörte waren zum nächsten Gewitter abkommandiert worden. Am Himmel konnte es unruhig und laut werden. Er spannte die Seitenruder aus und kehrte zum Eingang der Grotte zurück, um an den Bäumen entlang in den Himmel zu sausen.

Wenn Freunde zusammenhalten

Schrotte erkannte in der Ferne heftige Blitze, dort würde er sicherlich Windolf und Windörte finden. Der Donner grollte so heftig, dass er zusammenzuckte. Zu spät sah er die Regenwand, die ihm entgegenbrauste.

„Oh, oh, wenn das mal gut geht!", dachte Schrotte mit aufgerissenen Augenschrauben.

Das Wasser klatschte in jede seiner Ritzen, sodass er innerhalb weniger Sekunden durchnässt war. Schrotte rechnete schon mit dem Schlimmsten, aber wie durch ein Wunder perlte die Feuchtigkeit von seinem metallenen Körper komplett ab. Babsis Öl! Er hatte seinen Körper mit Babsis Öl eingerieben. Ein wahres Zauberöl, es hielt seinen Körper trocken. Sie musste eine wirkliche Hexe sein, eine unheimlich gute!

Windolf rauschte knapp an Schrotte vorbei und brachte fast seine Seitenruder ins Trudeln.

„Hallo Windolf, nicht so eilig! Wir brauchen eure Hilfe. Fred hat erhebliche Probleme, Flugo in den Himmel zu schicken. Sie arbeiten allesamt mit Hochdruck daran, aber die Zeit läuft!"

„Da habe ich eine Idee!", antwortete Windolf interessiert und bremste scharf neben Schrotte und dampfte. „Setz dich!", meinte Windolf und zeigte auf seinen luftigen Bauch, der nun als Sessel dienen sollte. So ließ es sich besser planen.

„Die Windsors sind heute ebenfalls hier. Sie helfen uns bestimmt. Sie würden Raffgier zu gerne eins auswischen!"

Die Windsors, bestehend aus unzähligen Luftbewegungen, die ineinander verschlungen kaum auseinanderzuhalten waren, umkreisten Windolf und Schrotte und hörten neugierig zu. Aus dem Windknäuel antwortete eine tiefe Stimme.

„Da sind wir dabei!"

„Ich kenne den Weg dorthin. Wir kennen alle Wege dieser Erde! Wir, die wir der Windrep-Familie angehören!", ergänzte Windolf und nickte Windörte und den Windsors zu. „Windörte! Komm, wir brechen auf. Wir holen Fred und die anderen. Wir bringen sie her. Sie haben Schwierigkeiten!", brüllte Windolf in die Windrep-Luft.

Die Windsors pflichteten Windolf mit einer Böe brummend bei. Schrotte erwiderte noch, dass Oma Traudich in Hebbersblechle ebenfalls noch abzuholen sei, um dann gemeinsam mit allen zusammen hierher zu reisen.

„Endlich mal was los, nicht immer nur Gewitter! Ist ja eh immer dasselbe", freute sich Windörte.

Dann rauschten alle Windreps ab. Zufrieden segelte Schrotte mit aufgespanntem Seitenruder zurück in die Felsspalte zu seinen Freunden und Babsi Jäger im tiefen Tal.

Müllis Vision

„Ich schaue nach den Kindern, Mülli. Bleibst du noch hier?",
fragte Babsi Mülliane, die geistesabwesend und tief versunken
in ihren Gedanken nach der Lösung des Rätsels suchte. Ohne
eine Antwort abzuwarten, kehrte Babsi wieder zu den Kindern
zurück.

Dieser edle Stein, den Mülliane noch immer in der Hand
hielt und dieses Buch; fasziniert zog sie das arg zerfledderte
Stück Papier aus ihrer Blütentasche hervor. Was bedeuteten nur
diese Worte?

Zartes Licht durchbrach die dunkle Grotte. Eine schmale
Felsspalte ließ die Nachmittagssonne in dünnen Streifen herein. Sie reflektierte in den Millionen von Wassertropfen, die
an der Grottenwand unendlich entlangliefen. Dieses Lichtwas-
serspektakel überwältigte Mülli. Fasziniert starrte sie auf die
tanzenden bunten Lichter.

Und dieser Stein; gab es eine Verbindung? Müllis Augen
wurden schwer. Müdigkeit breitete sich in ihrem Körper aus.
Wie seltsam, nachts schaute sie so lange in den dunklen Himmel, bis die Morgenröte die Dunkelheit vertrieb. Schlafen
konnte sie bisher nie. Sie sank zu Boden und schloss erschöpft
die Augen. Zugleich überfiel sie ein tiefer Schlaf.

Sie träumte von Raffgier, wie er riesig vor ihr stand und drohenden Blickes mit seiner Pranke nach ihr greifen wollte. Er

schrak zurück, als er den strahlenden Stein, den sie als Amulett um den Hals trug, entdeckte. Das Licht blendete ihn.

„Mülli, komm!", hörte sie Schrotte rufen, der neben Flugo herflatterte … ja, Flugo konnte fliegen, endlich! Fred, Talko, K. L. und Döschen winkten ihr zu. Irgendetwas riefen sie ihr zu, doch sie konnte die Worte nicht verstehen. Der Wind trug sie mit sich fort. Wo waren die Kinder, Olaf, Babsi und Oma Traudich? Jan und Paul Wetter standen urplötzlich am Bahnhof.

„Wir treffen uns am Raffgierturm!", schrie sie Jan im Vorbeiflug zu.

„Ja, wir kommen!" Jan lachte und wedelte mit den Armen.

Mülliane schreckte aus dem Schlaf. Unter ihrem Kleid perlte Kondenswasser herunter und tropfte auf ihre Schuhe.

„Es war nur ein Traum, nicht echt, nur Gedanken. Wie bei den Menschen", dachte sie.

Fyllie hatte ihr von Träumen erzählt, die manchmal schön, aber zeitweise gruselig waren. Oft hatte sie aber dadurch gute Ideen. Dieser Traum gab Mülliane im Moment nur weitere Rätsel auf. Darin war vom Raffgierturm die Rede. Raffgierturm … Ob es diesen Turm wirklich gab?

Der sternförmige Stein lag auf der zerfledderten Buchseite, genau unter den letzten beiden Worten … Inter Stellas!

„Stern, ja Stern, Stellas hat bestimmt etwas mit Sternen zu tun", überlegte sie versonnen. „Sterne sind am Himmel!" Die hatte sie zur Genüge in den vielen klaren Nächten bewundert. „Wie meinte Babsi noch? Deponien sei auf dieser Welt nicht zu finden! Nicht auf dieser Welt, nicht auf dieser Welt! Dann auf einer anderen? Das würde bedeuten, dass sie diese Welt verlassen müssten, um die andere zu finden. Ja, dies musste es sein ..."

Müllianes Gedanken überschlugen sich. Der Stein, der zuvor kühl und glatt in ihrer Hand lag, wärmte sie auf einmal.

Mülli wollte dem Geheimnis auf die Spur kommen. Dieser wunderschöne Stern, diese Worte auf der zerfledderten Buchseite, Babsi mit ihren Andeutungen. Wusste sie noch mehr? Sie kam nicht so recht heraus mit der Sprache. Schrotte, ja Schrotte, sie brauchte ihn. Er wusste, dass Deponien ihre Heimat war. Diese Zeichen, vielleicht wusste er sie zu deuten.

Sie wartete in der Grotte auf Schrottes Rückkehr und ließ ihren Blick über die bewachsenen Wände gleiten. Von Noerd Wurzelfing fehlte nach wie vor jede Spur.

„Habe ich das etwa auch geträumt? Nein, nein bestimmt nicht!"

Die kleinen Beutel an den herausragenden Ästen schienen alle leer zu sein. Der einzige Beutel mit Inhalt war nur für sie bestimmt!? Als hätte er hier auf sie schon seit ewigen Zeiten gewartet. Ihr Blick musterte das herrliche Blau in den spitzen Zacken des Sternensteins. Die Mitte des Steins leuchtete jetzt noch heller und tauchte die Grotte in ein goldgelbes Licht. Die Sonne stand nun tief am Himmel. Ihre Strahlen hatten die Grotte verlassen.

Mülli entdeckte zarte Linien, die strahlenförmig aus den Zacken in die Mitte des Sternensteins auf den goldgelben Punkt zeigten. Sie fielen ihr erst jetzt auf.

„Schrotte, Mensch, wo bist du?"

In diesem Moment kam Schrotte mit angelegten Seitenrudern in das Innere der Grotte gebraust.

„Da bin ich, alles erledigt, Mülli!"

„Na endlich! Ich glaube, wir stehen kurz vor dem Ziel. Dies spüre ich in der schärfsten Kurve meiner Nase, Schrotte!"

„So violett deine Nase gerade blinkt, habe ich auch das Gefühl! Was hast du da in der Hand? Wie es leuchtet!"

Mülliane reagierte nicht auf Schrottes Worte. Zu sehr faszinierte sie ihre Vermutung, dass Deponien an einem anderen Ort zu finden war, als ursprünglich angenommen.

„Schrotte, ist es möglich, dass Deponien vielleicht ganz woanders liegt?"

„Wie meinst du das, ganz woanders? Wir suchen doch die ganze Zeit immer woanders."

„Ich meine", sagte Mülli etwas ungeduldig und hüpfte auf Flitzpiepe von einem Bein auf das andere. „Ich meine nicht auf dieser Welt, sondern dort oben! Oder darüber!" Sie zeigte mit ihrem Finger an die Decke!

„Also dort oben kann ich nichts entdecken, Mülli!" Schrotte starrte in die Dunkelheit.

„Schrotte, ich meine weit über die Tore des Himmels hinaus, dort ganz weit oben!" Mülli wurde ungeduldig und zweifelte fast an Schrottes Verstand. „Hier schau, dieser Stein, sieht einem Stern sehr ähnlich und diese feinen Linien zeigen auf die gelbe Mitte, wie Sternenzacken, die auf einen Ort hinweisen."

Schrotte wusste, seine Mülli hatte schon mal seltsame Ideen, aber je länger er den Stein betrachtete, die Linien verfolgte, kam er zu der gleichen Erkenntnis.

„Verdammtes Blech noch mal, Mülli, du bist großartig! Wenn du recht hast, fresse ich einen Besen!" Schrotte jubelte und Flitzpiepe machte erschrocken einen Satz nach hinten.

Mülli legte ihm den Finger auf den Dosenmund.

„Aber kein Wort zu den anderen, solange wir nicht sicher sind, okay?"

„Edles Blechehrenwort!", schwor Schrotte und schlug seine Faust auf sein stählernes Herz.

Wind und Wetter im Anmarsch

Fred bastelte schon die halbe Nacht an Talko und Flugo. Drähte, Schrauben und Gewinde aus Talko heraus und dann in Flugo hinein. K. L.'s Schrauben und die eine oder andere Döschenmutter kam ebenfalls zum Einsatz.

„Zange!", rief Fred unter Flugos Motorhaube.

Entweder rannten Döschen oder K. L. zum entsprechenden Werkzeug und reichten es Fred in den Motorraum hinein.

„Öl!"

Olaf lief los und holte die Ölkanne aus der Garage und hielt sie Fred hin.

„So, mein Junge, du machst gleich mal Pause, sonst schläfst du morgen früh, wenn wir starten wollen", versuchte Olaf Fred zu überreden.

„Ich bin noch nicht fertig!" Freds Stimme klang müde. Er war sehr blass, seine Haut hatte einen transparenten Schimmer.

„Ich weiß, aber die Pfannenpizza wird kalt. Kommt alle mit!"

Widerwillig trotteten auch K. L. und Döschen hinter Olaf her. Die blechernen Schultern hingen erschöpft herunter. Wie sollten sie bis morgen Flugo starten können?

Die Pfannenpizza duftete ihnen entgegen. Dies tröstete ein wenig. Während sie schweigsam die Pizza verdrückten, strich ein heftiger Wind um die Halle. Die Wände der Halle wackelten.

„Es kommt Sturm auf! Schließt die Fenster, sonst werden sie noch aus der Verankerung gedrückt."

Mit diesen Worten sprangen Olaf und Talko von den Stühlen und schlossen sie rasch.

„Dies ist kein Sturm", dachte Fred.

Schatten umkreisten den Schrottplatz. Es pfiff durch die Balken. Das große Tor flog auf und die Windreps stürmten herbei.

„Ich glaube, hier sind wir richtig! Du bist Fred, stimmt's?", dröhnte Windolf mit seiner tiefen Stimme. Er türmte seinen imposanten, rauschenden Körper vor Fred auf und zeigte mit seiner wehenden Hand auf ihn.

Fred grinste breit. „Klar, Wind! Wir brauchen Wind, dann können wir überall hinfliegen, wohin wir auch wollen."

Döschen lief zu K. L. und versteckte sich hinter ihm.

Olaf wunderte sich nur kurz. In letzter Zeit passierten viele Dinge, die er nicht für möglich gehalten hatte. Jetzt kam eben der Wind zu ihm in die Halle. Warum auch nicht. Wenn es half!

„Mülli und Schrotte schicken uns. Wir bringen euch nach Hebbersblechle, dort holen wir Oma Traudich und dann geht es weiter zu euren Freunden und Babsi Jäger im tiefen Tal."

„Ihr seid unsere Rettung. Ich war mit meinem Blechlatein am Ende!", atmete Fred erleichtert auf.

Windörte und die Windsors kamen einen Windstoß näher, um Fred und die anderen kennenzulernen. Jetzt schmeckte die Pizza noch mal so gut. Sie schwatzten und futterten alle gemeinsam weiter.

Windolf probierte nur zögerlich ein kleines Stück der Pizza. Kurzerhand warf er es in die Luft und versenkte es im weit aufgerissenen Schlund. Es löste sich dabei in seine Einzelteile auf, die Windolf schnuppernd durch seinen windigen Körper gleiten ließ.

„Interessant, interessant!", murmelte er immer wieder.

Dabei klatschte Döschen die Tomatensauce auf die Nase. Döschen schielte auf den roten Klecks auf seiner knubbeligen Schraubennase und schimpfte. Die anderen bogen sich vor Lachen, so lustig sah er aus.

Gute Laune und Hoffnung machte allen Mut für den nächsten Morgen. Windörte, fasziniert von der roten Farbe, sog ebenfalls ein paar Tropfen auf. Sie wollte ihren Blütenrausch mit roten Tupfen schmücken. Die Windsors teilten ein großes Stück der Pfannenpizza unter sich und zerschredderten den knusprigen Rand, den sie ganz besonders genossen. Sie behielten einen Teil der Krümel im Rausch ihrer Mäntel. Dort hatte sich schon allerlei von ihren Reisen angesammelt. Neben Blumen, Blättern, Seetang gab es abgerissene Fischernetze, Muscheln und die eine oder andere Blechdose und Schraube. Es war unglaublich, was für Dinge einfach so durch die Luft wirbelten oder im Wasser schwammen. Die Windsors liebten das Windspiel mit solchen Dingen, die man ihnen täglich reichlich schenkte. So wurde es nie langweilig. Einiges konnten sie nicht mitnehmen, dafür war es einfach zu viel.

„Morgen lassen wir das Gewitter eben mal ausfallen. So eine Sturmpause war schon lange nötig", schmatzte Windolf genüsslich zwischen einer Salamischeibe.

„Dann haben wir auch optimales Flugwetter!", fand Windörte.

Fred und Olaf schliefen schon tief und fest. Die anderen diskutierten noch mit Talko über die Mechanik und das zentrale Problem des Nichtfliegenwollens von Flugo.

K. L. hielt sich aus der Diskussion weitgehend heraus. Er hörte zu, es gingen ihm eigene Gedanken durch den Kopf. Erst passierte gar nichts und jetzt überschlugen sich die Ereignisse.

Flugo flieg!

Es war früh, die Sonne ging gerade auf. Olaf drehte seine vorerst letzte Runde auf dem Schrottplatz. Es war windstill, die Vögel zwitscherten bereits, während er schweren Schrittes bis zum Zaun, der an Ottos ehemalige Deponie angrenzte, ging. Der gewohnte Blick auf Ottos Deponie war für immer verschwunden. Es tat weh, dieses Ziehen in der Brust, die Sehnsucht nach Ruhe und Geborgenheit in seinem Zuhause, das er nun verlassen sollte.

Ob er seinen Schrottplatz wiedersehen würde, war ungewiss. Dann kehrte er um in seine kleine Küche im Kabuff nebenan, um Frühstück zu machen und Proviant für die anstehende Reise einzupacken. Die Windreps pfiffen bereits leise durch die Ritzen und Balken der Halle und wurden langsam mobil. Sie strichen um Flugo herum, um ihn auszumessen, sein Gewicht zu testen. Ein Dutzend Windsors mithilfe von Windolf und Windörte würden Flugo allemal in den Himmel schicken, dessen waren sie sich sicher.

Als Fred aufwachte, war er aufgeregt und glücklich, heute war der große Tag! In der Nacht hatte er alle Treibstoffe zusammengeschüttet, eine Spezialmischung für Flugo, damit der eigene Antrieb vorwärts gewährleistet war. Er brannte darauf, diesen Ort zu verlassen, um mit seinem besten Freund Talko und den anderen Deponien zu finden. Er fühlte, dass eine Veränderung nahte. Er spürte es in seinen Füßen, wenn er Flugos Steuerrad in den Händen hielt. Dieses wohlige Gefühl des kühlen glatten Bodens, so empfand er.

Bald lüfteten Windolf und Windörte ihre Mäntel mit einem zackigen Rundflug über dem Schrottplatz, um ein letztes Mal für heute die Wolken durchzupusten.

Fred trommelte kurz darauf alle zusammen und betrat mit Olaf, Talko, Döschen und K. L. Flugo und ging in Startposition.

Die Windreps versammelten sich um Flugo. Fred startete den Motor, Flugo vibrierte brummend und bewegte seinen bauchigen Körper vorwärts. In diesem Moment blähten alle Windreps gleichzeitig ihre Bäuche auf, so dass Flugo leicht wie eine Feder in den Himmel abhob. Flugo ächzte und stöhnte, als wollte er zeigen wie anstrengend der Flug für ihn war.

Fred jubelte, Olaf schluckte mit einem letzten Blick auf seine Heimat. Schnell wurde sein Schrottplatz kleiner und verschwand in der Ferne.

Die Windreps pusteten und schnauften, was das Zeug hielt.

K. L. wurde grün im Gesicht, sagte aber nichts. Er schaute ungläubig durch das kleine Fenster neben ihm. Der Wind wehte durch sämtliche undichte Stellen, die Flugo reichlich zu bieten hatte. Je höher sie stiegen, desto kühler wurde es.

Döschen lief aufgeregt von einem zum nächsten und hüpfte schließlich zwischen K. L. und Olaf hin und her. Es klappte, einfach klasse! Fred stand wie ein Fels in der Brandung am Steuer, seine Füße klebten auf dem metallenen Boden wie Saugnäpfe. Nichts hätte ihn aufhalten können.

„Mit Vollkraft voraus!", feuerte er die Windreps an. „Wir wollen heute noch in Hebbersblechle ankommen!"

„Ist ja gut!", schnaufte Windolf.

„Gebt alles Jungs!", feuerte auch Windörte alle heftig pustend an.

„Immer geradeaus an der Bahnlinie entlang. Dann können wir es nicht verfehlen", brüllte Olaf in das Getöse.

Sie überflogen Felder, Wiesen und Städte, durchzogen von den Bahnschienen, denen sie folgten.

Auf einmal kreuzte ein Mobilfunkmast ihren Weg, der wie aus dem Nichts zwischen den Bäumen eines Waldes in den Himmel ragte.

„Achtung! Aus dem Weg!", rief Fred und starrte wie gebannt auf den Mast, um in letzter Sekunde haarscharf auszuweichen.

Dabei blieb Windolf leider mit hoher Geschwindigkeit an ihm hängen und zerplatzte in Tausende feiner Lüftchen. Grundsätzlich kein Problem, dies passierte zeitweise, wenn sich ein Hindernis urplötzlich in den Weg stellte. Aber diesmal überraschte ihn der Zusammenprall so sehr, da musste er seine Einzelteile erst wieder an die richtige Stelle setzen und die Gedanken sortieren. Dadurch verloren sie etwas Zeit.

„Alles klar, Windolf? Du siehst etwas zerstreut aus", meinte Fred besorgt.

„Ich habe noch etwas Kopfschmerzen, aber wenn meine letzten Zellen wieder richtig ticken, geht es wieder. Danke der Nachfrage." Windolf schielte Fred an und wackelte mit seinen Ohren. Windörte schüttelte einmal kräftig Windolfs Kopf, dann konnte es weitergehen.

Der Weg ist das Ziel

Am frühen Abend tauchte vor ihnen Hebbersblechle auf. Fred öffnete ein Fenster und hielt die Nase in die herrliche Luft. Viele Stunden überquerten sie schon das Land.

„Dort unten, da muss es sein!", rief Fred den windigen Gesellen zu und zeigte auf eine kleine Siedlung von Häusern.

„Dort drüben ist die Höhle, in der Hauswand!", stellte Olaf fest. Er kannte Oma Traudichs Hebbersblechle von Fyllies Beschreibung schon in- und auswendig.

„Achtung, Sinkflug und Landung vor der Höhle!"

„Okay!", pfiffen die Windreps windisch zurück. Es kam, wie es kommen musste, sie waren viel zu schnell im Landeanflug.

Fred trat auf die Bremse, aber irgendwie reagierte sie nicht ausreichend. „Ich sagte, *vor* der Höhle! *VOR* DER HÖHLE LANDEN!" Fred brüllte in die rauschenden Windreps.

Sie waren in ihrem Element, unaufhaltsam steuerten sie mit Übermut in überhöhter Geschwindigkeit auf die Höhle zu. Olaf sprang auf, um Fred zu helfen und trat ihm dabei auf den Fuß, der immer noch auf der Bremse stand, um den Druck zu verstärken. Fred fühlte den Schmerz kaum.

Flugo donnerte in die Höhle hinein. Ein riesiger Strohballen bremste zum Glück den Aufprall. Leider blieb der eine oder andere Windrep rechts und links am Felseingang kleben und zerplatzte erst einmal in seine Elementarteile. Windolf zog rechtzeitig den Kopf ein. Ein zweites Mal an einem Tag wollte er dies nicht erleben.

Oma Traudich stand gerade im Garten und pflückte frische Erdbeeren für die honigsüßen Pfannkuchen, die bereits fertig gebacken in der Küche auf ihre besonderen Gäste warteten.

„So langsam musste die Bande doch eintreffen", dachte sie gerade.

Hummel hatte wie sie die vergangene Nacht schlecht geschlafen. Träge stand er am Gartentor und döste noch. Oma Traudich spürte, dass die Ankunft ihrer Gäste nicht mehr in weiter Ferne lag.

Hila drömelte gerade und genoss die warme untergehende Sonne, als …

Sie erschrak fürchterlich, als ein dunkel dröhnender Schatten mit Geheul stürmisch über sie hinweg in die Höhle schoss. Sie fiel ohnmächtig zwischen die Möhren und streckte die Hinterpfoten steif in die Luft. Oma Traudich schaute irritiert von Hila zur Höhle, aus der es dampfte und pfiff. Mit einem verständnislosen Blick auf Hila schnappte sie das sensible Kaninchen an den Ohren, warf sie über ihre Schulter und marschierte schnellen Schrittes zur Höhle, um nach dem Rechten zu sehen.

Stolz und dreckig kletterte Fred aus Flugo heraus. Olaf sortierte seine Gliedmaßen und kam hinterher gekrochen. Die anderen folgten. K. L. war weiß wie ein Laken und sagte noch immer nichts. Talko humpelte etwas auf einer Stelze.

„Du bist bestimmt Oma Traudich!", begrüßte er Oma Traudich und beugte seinen Kopf bis auf den Boden herunter.

„Ja endlich! Ich konnte es gar nicht abwarten, euch endlich kennenzulernen. Euer Fluggerät ist ja klasse. Ihr wart etwas zu schnell, nicht wahr?" Sie lachte und schüttelte alle Hände, Pranken und Windstöße, die ihr entgegengehalten wurden.

Mit Begeisterung erzählte Fred von seinem ersten Flug mit Flugo. Die Windsors brausten zur Begrüßung um sie herum.

„Deshalb diese Windstille heute, ihr hattet anderes zu tun, oder?", sagte Oma Traudich zu den Windreps gewandt.

Sie nickten und strichen über ihren Rücken, bis sie fröstelte. Sehr stolz und etwas verlegen glitten sie auf ein paar Schafswolken, die unbeweglich über Oma Traudichs Haus in der Luft hingen.

„Hallo Oma Traudich, mein Name ist Olaf, ich habe schon viel von dir gehört!" Olaf lächelte sie freundlich an.

„Er ist genauso, wie Fyllie ihn beschrieben hat. Ein Kinderversteher eben", dachte Oma Traudich. „Kommt, es ist alles vorbereitet!", lud sie ihre Gäste ein.

Alle kehrten ein in Oma Traudichs Haus und erzählten von Raffgier, der sein Unwesen trieb und von Ottos Deponie, die nicht mehr existierte. Hila lag inzwischen auf ihrem Schmusekissen und schlief, um sich von dem Schrecken zu erholen.

Die Windreps nutzten ihren Auslauf und produzierten indessen einen herrlichen Sturm über Oma Traudichs Haus. Sie weckten die schlafenden Wolken und pusteten den Regen über Oma Traudichs Garten, der – schon ziemlich ausgetrocknet – dringend Wasser benötigte. Talko, K. L. – inzwischen wieder mit normaler Gesichtsfarbe – Döschen, Olaf und Fred saßen im Wohnzimmer mit Oma Traudich. Sie berieten, wie es weitergehen sollte. Am nächsten Morgen wollten sie zur Felsspalte von Babsi Jäger im tiefen Tal losziehen, um auf die anderen zu treffen, damit sie gemeinsam ihre Reise fortsetzen konnten.

„Tom meinte, sie ist zwar steinalt, aber irgendwie cool. Eben gar nicht altmodisch. Sie hat eine Grotte tief im Tal mit geheimnisvollen Schätzen.“

Oma Traudichs Augen blitzten auf, als Babsis Name fiel. Sie lächelte. Die anderen merkten es nicht.

Oma Traudichs zerbeulter Koffer, der schon einige Reisen hinter sich hatte, stand schon gepackt im Flur. Sie war gerüstet. Der Proviantrucksack stand daneben, zuerst schlaff am Boden wuchs er und wurde allmählich dicker, einfach so. Hummel lehnte jetzt unruhig an der Wand. Müllis angehexte Blüten knisterten leise. Hummel hatte Reisefieber. Schließlich war es die erste große Reise. Hila wollte unbedingt mitfliegen. Nach der spektakulären Landung von Flugo war sie allerdings etwas eingeschüchtert. Eine Abwechslung war ihr zwar willkommen, wenn es nur nicht zu turbulent werden würde. Oma Traudich konnte sie jedenfalls nicht allein reisen lassen.

Ihr Möhrensäckchen lehnte an Oma Traudichs alten Koffer.

Tom rief an. Er war froh zu hören, dass Flugo gut in Hebbersblechle eingetroffen war. Tom berichtete kurz von Müllis interessanter Entdeckung. Ein wunderschöner Stein, dessen Botschaft sie noch nicht kannten.

Als alles besprochen war, schob Fred den letzten Pfannkuchen genüsslich in seinen Mund und streckte Arme und Beine von sich. Noch kauend schlief er ein.

„So, Kinder, das ist das Zeichen. Ab in die Koje!", rief Oma Traudich zur Ruhe. „Morgen geht es richtig los! In der Kaverne ist schon alles für euch hergerichtet!"

Talko versuchte zu protestieren, da er wie Schrotte, K. L. und Döschen keine Bettruhe brauchte. Aber Oma Traudichs Befehl ließ keinen Widerspruch zu.

So trotteten sie mit Fred auf den Schultern hinterher in die Kaverne und lagerten auf den Strohballen. Dort warteten sie, wachten über den schnarchenden Fred, bis morgens die Sonne aufging …

Familienbande

Jan war nervös. Schon den ganzen Tag kreisten ihm immer wieder die wildesten Gedanken durch den Kopf. Sein Papa und Onkel Raffe waren Müllpiraten! Dies konnte und wollte er nicht glauben. Armer Papa! Onkel Raffe hatte ihn bestimmt reingelegt! Sein Papa war nicht so. Er würde niemals krumme Geschäfte machen. Er liebte die Natur wie Jan. Niemals würde er freiwillig Giftmüll illegal in Polstermöbel verarbeiten oder einfach wegschütten, wo er nicht hingehörte. Irgendetwas stimmte da nicht. In der letzten Nacht begegnete ihm auch noch Hexe Mülliane im Traum, da war er gerade mit Papa unterwegs zu Onkel Raffe.

Endlich! Jan hörte den Schlüssel im Schloss. Schwerfällig öffnete Paul Wetter die Eingangstür und schlurfte müde in die Küche. Er fühlte sich schlecht. Raffgier hatte immer wieder angerufen! Morgen sollte Paul Wetter in Raffgiers Zentrale erklären, wie es zu diesem und ähnlichen Ausfällen in anderen Werken gekommen war. Dafür musste es schließlich eine plausible Erklärung geben. Wetter solle dafür sorgen, dass diese Zwischenfälle nicht mehr vorkämen, denn dies koste viel Geld, Raffgiers Geld!

„Hallo Papa!"

Jan hielt es nicht mehr aus. Er stürzte auf seinen Vater zu und umarmte ihn ganz fest.

„Ach, Junge! Was ist dir denn über die Leber gelaufen?", flüsterte er mitfühlend, denn Jan weinte hemmungslos und brachte zuerst kein Wort heraus. So hielten sie einander und einer stützte den anderen. Das tröstete, auch ohne Worte.

Dann brach es aus Jan hervor. Er erzählte alles, was er wusste und wie gemein Onkel Raffe wäre. Und das sie etwas unternehmen mussten.

„Hast du das mit Onkel Raffe zusammen gemacht, Papa?", presste Jan mit zitternder Stimme hervor.

„Am Anfang habe ich gar nichts gewusst. Doch einige Dinge kamen mir schon längere Zeit komisch vor. Ich habe zu lange gewartet. Das war mein Fehler. Aber woher weißt du das alles?", fragte er seinen Sohn verwundert.

„Ich kann es dir noch nicht sagen, Papa, aber das ist auch nicht so wichtig. Wir müssen Onkel Raffe stoppen!"

Paul Wetter staunte über die Entschlossenheit seines Sohnes.

„Du hast recht. Ich zerbreche mir schon den ganzen Tag den Kopf darüber. Aber ich glaube, es ist zu spät. Ich war plötzlich mittendrin, ohne zu merken, was Raffgier eigentlich vorhat. Ich war sehr naiv. Er hat mich benutzt. Ich habe es zu spät gemerkt, Jan."

Jan spürte, wie schmerzhaft diese Erkenntnis für seinen Vater war. „Wir schaffen es gemeinsam, Papa! Du und ich! Wir können mit Onkel Raffe sprechen. Er zerstört die Welt. Überall ist sein giftiger Müll."

Paul Wetter blickte stolz auf Jan, wie er entschlossen Mut und Kampfgeist aufbrachte. „Morgen fahre ich zu Raffgier in die Zentrale, dann sehen wir weiter!"

Er versuchte Jan aufmunternd anzulächeln.

„*Wir* fahren zu Onkel Raffe in die Zentrale, Papa! Ich komme auf jeden Fall mit. Wir werden beide mit ihm sprechen. Außerdem wollte ich schon immer mal den Raffgierturm sehen. Jetzt ist der richtige Zeitpunkt dafür!"

Herr Wetter spürte, wie ernst es Jan damit war. Es ihm auszureden? Keine Chance! Schließlich betraf es Jan genauso wie ihn. Er musste in dieser Welt groß werden und sollte auch Gelegenhcit bekommen, diese, seine Welt zu schützen. Das Leben bestand nicht aus Zuckerguss, diese Erkenntnis konnte er nicht früh genug erlangen.

Jetzt hieß es Flugtickets auf Tikket-Online ordern, Tasche packen und früh schlafengehen, denn der nächste Tag würde lang und aufregend werden.

Rettet die Welt!

Mülli, Schrotte und Babsi kehrten den schmalen Gang in den vorderen Teil der Grotte zurück. Dort diskutierten Fyllie, Tom und Olli. Von Müdigkeit war nichts mehr zu spüren.

„Ich weiß nicht, Tom. Mülli und Schrotte sollten mitentscheiden. Schließlich wissen wir immer noch nicht, wo wir Deponien finden können."

„Ja, gerade deswegen. Jetzt ist noch Zeit, Raffgier eins auszuwischen", erwiderte Tom. Jan hatte Tom angepiept. Er wäre auf dem Weg zu Raffgier. Sie wollten ihn in der Raffgierzentrale, einem riesigen Turm aufsuchen, um ihn zur Rede zu stellen. So nannte es Jan, denn er war furchtbar wütend, wegen Onkel Raffes schäbigem Verhalten.

„Was ist los, Tom? Gibt es etwas Neues? Habt ihr Nachricht von Fred und den anderen?", wollte Mülli wissen und setzte sich neben Fyllie auf den Teppich vor den brodelnden Kessel, der herrlich nach Apfelpunsch duftete.

„Allerdings!" Tom berichtete von Jan und Paul Wetter.

Also doch! Es gibt tatsächlich den Turm! Es war eine Botschaft! Mülli warf einen wissenden Blick zu Schrotte hinüber.

„Natürlich statten wir Raffgier ebenfalls einen Besuch ab. Fred und die anderen sollten ebenfalls einen Abstecher dorthin unternehmen. Mülli ließ sich nichts anmerken, aber als Tom von Jan und dem Raffgierturm sprach, lief ihr ein eisiger Schauer über den Rücken.

Schrotte nickte zustimmend.

„Ich glaube, unsere Windreps laden wir ein, uns zu begleiten, dies kann nicht schaden, oder?" Schrotte lächelte Mülli zu. Sie dachten das Gleiche.

„Außerdem ist Raffgiers Turm ein prima Treffpunkt. Ich bin mir nicht sicher, ob Fred Babsis Felsspalte entdecken könnte, da sie auf keiner Karte eingezeichnet ist", ergänzte Mülli.

„Den Raffgierturm hingegen findet jeder. Er ist einer der höchsten Türme auf dieser Welt. Und mit dem richtigen Rückenwind seid ihr gut gerüstet", bemerkte Babsi zustimmend, während sie ein Bund Apfelkräuter im Kräuterkessel versenkte.

„Begleitest du uns?" Fyllie wünschte, Babsi käme mit. Sie fühlte sich wohl und sicher in ihrer Gegenwart. Sie glaubte, nichts könne Babsi aus der Ruhe bringen, denn sie hatte immer ein kluges Wort und gute Denkanstöße auf Lager. Fyllie fühlte sich heimisch in ihrer Nähe. Sie hatte so etwas Vertrautes.

Babsi zögerte. „Ich glaube, für solche Abenteuer bin ich zu alt!"

„Was? Du?" Mülli schüttelte den Kopf. „Alter spielt bei dir doch überhaupt keine Rolle. Im Gegenteil!", entfuhr Mülli ein Kommentar.

Babsi warf ihr einen warnenden Blick zu.

Mülli fühlte mit ihrer rechten Hand, ob der Sternenstein noch in ihrer Blütentasche lag. Er war warm, fast heiß!

„Mit Abstand zu den Ereignissen ist mein Rat objektiver und weitsichtiger. Es ist nicht meine Aufgabe, die Welt zu verändern. Ich habe mich entschieden. Mein Platz ist hier, der Erde ganz nah. Von hier aus lasse ich meine Kräfte wirken und das ist gut so."

Mülli und Schrotte nickten. Fyllie, Tom und Olli akzeptierten ihre Entscheidung.

„Bevor ihr euch auf den Weg macht, würde ich gerne noch eine extra Portion von euren herrlichen Pfannkuchen genießen", sagte Babsi mit einem breiten Grinsen und zog einen frisch dampfenden Stapel aus dem Vorratsrucksack.

„Oh ja! Ich auch!", rief Christian. Erst noch einen riesigen Pfannkuchen mampfen und dann auf Flitzpiepe mit Fyllie kuscheln und weiterfliegen. Ferien ganz nach seinem Geschmack.

So konnte es weitergehen.

Tom piepte Jan an: *Wir treffen uns morgen in Raffgiers Zentrale. Werde die Koordinaten an Fred, Olaf und den anderen durchgeben. Sehen uns! Tom.*

Als Fred Toms Nachricht erhielt, schlief er bereits tief und fest und sammelte Kräfte für den nächsten Tag.

Am nächsten Morgen herrschte allerorts Aufbruchstimmung.

Als Jan mit seinem Vater am Flughafen Raffgau landete, staunte er nicht schlecht über die vielen hohen Häuser, die wie kantige Klötze dicht aneinandergedrängt fast an den Himmel stießen. In den Glasfronten der Gebäude spiegelte sich die Sonne oder der Widerschein der blinkenden Monitore, die an sämtlichen Fassaden hingen. Es war wie ein unaufhörliches Blitzgewitter und blendete jeden, der aufschaute. So versteckten die meisten Leute ihre Gesichter hinter großen Brillen. Wie Ameisen rannten sie aneinander vorbei, still und stumm, ohne eine Miene zu verziehen.

„Wie seltsam", fand Jan, denn sie redeten nicht.

Keiner sah nach links oder rechts zu seinem Nachbarn. Wie eine einheitliche wabernde Masse rollte der Menschenstrom in die für sie vorgesehenen Wege. Alle gemeinsam und doch jeder für sich allein.

Jan hielt die Hand seines Vaters fest umklammert, denn er wollte in diesem endlosen Treiben nicht verlorengehen. Paul Wetter kannte diese Stadt zur Genüge. Zwei der größten Fabriken Raffgiers standen im Norden und im Süden der Stadt. Die meisten Sonnenbrillenträger strömten also entweder nach rechts oder nach links, da inzwischen fast jeder hier für Raffgier arbeitete. Vom Hausmeister, zur Sekretärin, bis zum Ingenieur, alle hatte er unter Kontrolle.

Jan und Paul warteten unterirdisch in der Metro auf ihren Zug. Jan hatte noch nie ein Bild vor Augen, das nur aus Betonmauern, Metallwänden und Fensterglas bestand. Er fror, wenn er hinsah. Wo war die Sonne, das Gras, die Schmetterlinge, die so gerne auf den offenen Blüten der Wiesenblumen saßen und im Wind hin- und herschaukelten? Kein Vogelgezwitscher drang in sein Ohr, seine alltägliche Musik. Er blinzelte, das ständig flackernde Licht der Monitore blendete ihn. Er verstand nun, warum alle Menschen, die an ihm vorbeigingen, dunkle Brillen trugen. Und wo waren die Kinder? Nirgendwo hatte er auch nur eines gesehen oder gehört.

Alle warteten still und bewegungslos mit Blick in den schwarzen Gang. Die Vibration des Bodens kündigte das Eintreffen der Bahn in wenigen Sekunden an. Pfeilschnell kam ein Zug aus der Dunkelheit geschossen. Alles um Jan herum fühlte sich leblos an. Er konnte es kaum aushalten. Sie bestiegen wie alle anderen den Zug und erreichten kurz darauf die Station *Raffgierturm*.

„Wir sind gleich da, im Turm sehen wir von all dem hier nichts mehr", sagte Paul mitleidig, der scheinbar Jans Gedanken lesen konnte.

Der Turm war schon von Weitem zu sehen, man konnte ihn deshalb nicht verpassen. Die Welt schien sich um Raffgier zu drehen. Viele Male schon wurde Paul Wetter von Raffgier zu Strategiegesprächen in die Turmzentrale zitiert. Dieses beklemmende Gefühl, das ihm jedes Mal den Rücken heraufkroch, wenn er aus der Ferne auf Raffgiers Turm blickte, blieb diesmal aus. Der Turm thronte in der Mitte der Stadt, von einer Mauer umgeben, die unerwünschte Besucher aufhalten sollte.

Jan und Paul passierten unbehelligt mit einer Codekarte den schmalen Eingang. Dahinter wartete ein riesiger Mann, der Paul Wetter kannte und ihn und Jan in den gläsernen Fahrstuhl einsteigen ließ.

Mülli, Schrotte, Tom, Fyllie, Olli und Christian verabschiedeten sich von Babsi aus dem tiefen Tal. Sie murmelte etwas Unverständliches, als Mülli Flitzpiepe flottmachte und Schrotte die Seitenruder ausfuhr.

„Das macht Oma Traudich auch immer. Die quatscht so ein komisches Zeug. Das kann ich kaum verstehen", sagte Christian daraufhin.

„Grüße Traudich von Babsi Jäger. Ich würde mich über einen Besuch von ihr im tiefen Tal freuen. Viel, viel Glück!", rief sie hinterher. Dann murmelte Babsi wieder unhörbar und drehte ihre Steine in der Rocktasche hin und her. Sie blickte Schrotte hinterher, der als Letzter die Felsspalte verließ und in die Lüfte aufstieg. Babsi verschwand in der Grotte und rührte nachdenklich in ihrem Apfelpunsch.

Schrotte und Mülli gaben mächtig Gas. Der Wind konnte sie nicht forttragen, denn die Windreps bliesen viele Kilometer weit entfernt Flugo in Richtung Raffgierzentrale. Schrotte trug verborgen in seinem Bauch eine neue Kanne von Babsis herrlichem Öl, das er zuletzt zum Polieren verwendet hatte. Ein wahrer Schatz, den er hütete. Es würde ihm noch gute Dienste erweisen.

Als Fred die Nachricht erhielt, dass sie die Route ändern würden, um Raffgiers Zentrale anzusteuern, plusterte Windolf seinen Körper freudig auf, denn mit Raffgier hatte er noch eine Rechnung offen. Windörte säuselte beschwichtigend in sein Ohr, doch er stellte seine Segelohren auf Durchzug, so dass Windörtes Worte nur durchrauschten.

„Sei doch nicht so bockig!", schimpfte Windörte unwirsch, „es geht hier nicht um dich, du aufgeblasener Kerl!"

„Wir sind alle auf Raffgier schlecht zu sprechen", versuchte Fred beide zu beschwichtigen.

Fred umkreiste Flugo auf seine Art. Nicht um Flugo herum, nein! Sondern über ihn hinweg und die Seitenwände entlang! Seine Füße wurden eins mit der metallenen Außenhaut. Wie war dies möglich? Seine Füße blieben an der glatten Wand Flugos kleben, so dass er waagerecht oder sogar auf dem Kopf stand. Wie Magneten zogen sich Fred und Flugo an.

„Mensch, Fred, mir wird schwindelig! Du stehst auf dem Kopf und fällst nicht herunter. Wie machst du das?" Olaf verdrehte dabei die Augen und kratzte sich am Kopf. „Einfach alles nicht so eng sehen", dachte er bei sich.

Oma Traudich war startklar. Ihr Koffer und Hilas Säckchen baumelten an Hummels Stiel, der waagerecht in der Luft zum Abflug bereitstand. Ab und zu dampfte und zischte es zwischen den Reisigzweigen. Die Plastikblumen knisterten mit jeder Bewegung. Oma Traudich sprang ohne zu zögern auf Hummel und zog die zaghafte Hila hinterher.

„Du wolltest mit, Hila, also sei nicht so zimperlich!", sprach

Oma Traudich ungeduldig zu ihrem Kaninchen und schnallte es unter Protest fest, damit es nicht auf dem ersten langen Flug verlorenging. Ein geblümter Sommermantel und dazu ein Strohhut gaben Oma Traudich ein seltsames Aussehen.

„Ich fliege selbst!", teilte sie allen mit.

Hummel schaltete einen Gang weiter und Hila riss die Augen weit auf. Ingolf, Oma Traudichs Mann, wunderte sich nur wenig. Es passierten immer wieder seltsame Dinge mit seiner Frau, aber dies machte das Leben mit ihr so spannend, fand er. Er würde in Hebbersblechle auf ihre Rückkehr warten.

Die Windsors waren in den Startlöchern. Talko, K. L. und Döschen saßen schon seit der Morgendämmerung auf ihren Plätzen in Flugo und warteten.

„Talko, ist der Motorkolben klar?" Fred checkte alle Flugofunktionen nochmals durch, um unterwegs keine Überraschungen zu erleben.

„Alles klar, Fred. Die Seitenflügelklappen schwingen auch einwandfrei", antwortete Talko geschäftig.

„Alles einsteigen, es geht los! Oma Traudich, bleibt es dabei? Du fliegst selbst?", wollte Fred nochmals wissen.

Oma Traudich düste haarscharf an Fred vorbei. „Ja, unbedingt, einfach herrlich, nicht wahr, Hila?"

Hila legte die Ohren an, klammerte die Pfoten um Hummels Besenstiel und zog die Blume ein. Da musste sie durch. Aber auf Oma Traudich war ja Verlass. Es würde schon gut gehen.

Die Windsors schwangen ihre Bäuche unter Flugo. Fred startete den Motor und gab die Koordinaten ein für das Ziel Raffgierturm.

„Los geht's!"

„Avanti galoppi! Auf Wiedersehen, mein lieber Ingolf!", rief Oma Traudich ihrem Mann zu, der heftig winkte, bis alle am Horizont verschwanden.

Wieder Raffgier

Raffgier starrte auf seine Mails. Seit dem ersten Vorfall in einer seiner Müllverarbeitungsfabriken gingen fast täglich ähnliche Meldungen ein. Wütend schlug er mit der Faust auf seinen Tisch.

Seine buschigen gewölbten Augenbrauen erinnerten an zwei zänkische Raupen, die heftig miteinander stritten. Eine tiefe Furche auf der Nasenwurzel trennte die Streithähne. Tiefe Gräben zerklüfteten sein steinernes Gesicht. Die Mundwinkel am unteren Ende des Gesichts hingen schlaff herunter. Kaum denkbar, dass dieses Gesicht auch fröhlich sein oder gar in Gelächter ausbrechen konnte.

Er zerknüllte die letzte Nachricht und warf das Papier aus dem halboffenen Fenster. In seinem Turmzimmer wanderte er hin und her. Er, Raffgier, war auf dem Weg, der reichste und mächtigste Mann der Welt zu werden. Wer stellte sich ihm, ihm den großen Raffgier in den Weg? Er hatte bislang von einer Gegenbewegung nichts gespürt. Alle Leute, die für sein

Projekt wichtig waren, arbeiteten für ihn oder hatte er mit viel Geld überzeugt. Geld spielte für ihn keine Rolle. Dies waren schließlich Investitionen in die Zukunft. Wenn er alles unter Kontrolle hatte, würde er so viel Geld verdienen, dass er es in seinem jetzigen Leben nicht mehr ausgeben konnte. Aber ausgeben wollte er es nicht. Nein! Besitzen, anschauen und dass alle nach seiner Pfeife tanzen mussten. So stellte er sich sein Leben vor. Er machte seinem Namen alle Ehre. Er raffte alles Geld zusammen, das ihm irgendwie in die Finger geriet und gierte sofort wieder nach noch mehr. Wenn da nicht …

Es klopfte an der Tür. Frau Henne, Raffgiers Sekretärin, eine etwas hochnäsige aufgebretzelte Person trat ein und kündigte Jan und Paul Wetter an.

„Sollen reinkommen!", gab Raffgier knapp zurück.

Frau Henne schenkte Raffgier einen ihrer schönsten Blicke und antwortete: „Ja, ich werde die Herrschaften hereinbitten!"

Mit viel Mühe sah Frau Henne über Raffgiers ungehobeltes Verhalten hinweg, denn wenn sie einmal Frau Raffgier wäre, hätte sie ausgesorgt. Dieses Ziel verfolgte sie seit dem ersten Tag ihrer Einstellung als Chefsekretärin. Sie trippelte auf ihren High Heels im Kreis, um Raffgier noch eine Sicht auf ihr neues Kleid und die Frisur zu gönnen, doch Raffgier stierte aus dem Fenster.

Jan und Paul Wetter betraten das Büro, das rundherum durch die riesige Fensterfront einen weiten Panoramablick über die Stadtgrenzen hinaus bis an das Ende des Horizonts ermöglichte. So weit, dass sogar die Erdkrümmung erkennbar war.

Jan schaute überwältigt auf diese gewaltige Skyline, während Paul Wetter zielstrebig Raffgier ansteuerte und ihm die Hand reichte. Doch Raffgier nahm sie nicht, sondern vergrub seine Fäuste nur noch tiefer in den Hosentaschen.

„Wetter, haben Sie Informationen für mich, wer uns schaden will, um selbst abzusahnen?" Nervös nestelte Raffgier mit dem Fuß an seinem Hosenbein herum.

Paul Wetter hatte Raffgier fest im Blick. „Nein, wir stehen immer noch vor einem Rätsel. Wie ich hörte, gab es ähnliche Vorkommnisse in anderen Fabriken", antwortete Paul Wetter mit klarer Stimme.

Raffgier erstaunte Wetters Ton in seiner Stimme, ihm fehlte die Demut, in der Paul ihm sonst gegenübergetreten war. Und seine Augen hatte er bisher immer gesenkt auf den Boden gerichtet, wenn er mit Raffgier sprach. Aber jetzt? Paul war verändert. Raffgier verlor die Kontrolle über ihn.

„Wetter, ich schmeiße Sie raus, wenn Sie den Kerl nicht so schnell wie möglich unschädlich machen. Sie werden nie wieder in der Branche einen Fuß auf die Erde bekommen. Das verspreche ich Ihnen!", drohte Raffgier mit tiefem Groll. Die Raupen über seinen Augen sprangen auf und nieder mit diesen Worten. Sein Gesicht verzog sich zu einer finsteren Fratze.

Jan bekam eine Gänsehaut. So kannte er Onkel Raffe nicht. Das Böse in seiner Stimme war neu für ihn.

„Du zerstörst unsere Welt, Onkel Raffe!", entfuhr es Jan, bevor Paul Luft holen konnte. „Auf den Deponien war die Welt noch in Ordnung, bevor du kamst. Jetzt wird alles in einen Topf geworfen und zusammengemixt. Die Welt verträgt dein zusammengemischtes Gift nicht. Es macht uns krank. Warum tust du das, Onkel Raffe?" Jan bekam rote Wangen, als er mit Raffgier sprach.

„Kinder verstehen das nicht, misch dich nicht in Erwachsenenangelegenheiten ein!" Raffgiers Raupen gingen in Kampfstellung. Wie hohe Türme zog er seine Augenbrauen hoch und starrte Jan wie eine lästige Fliege an.

Jan brachte Raffgier etwas aus der Fassung.

Dann ging alles sehr schnell.

Ohne zu klopfen, riss Frau Henne die Tür auf und stürzte herein. Sie gackerte aufgebracht herum wie ein Huhn, doch niemand verstand ein Wort. Ein Haufen Kinder und Olaf eilten hinterher.

„Hey Jan, da bist du ja!"

Tom, Olli, Fyllie und Christian begrüßten ihn. Jan freute es, seine neuen Freunde so schnell wiederzutreffen.

„Onkel Raffe behauptet, das geht nur die Erwachsenen an, wenn er seine Giftpolster baut!"

Wütend beschimpften die Kinder Raffgier, der sprachlos zu Frau Henne hinübersah. Die zuckte die Achseln, vergaß eine Runde im Kreis zu trippeln und kehrte rasch zu ihrem Schreibtisch ins Vorzimmer zurück.

Olaf versuchte, die aufgeregten Kinder zu beruhigen, aber zu viel hatte sich bei ihnen in den letzten Tagen aufgestaut. Wie ein Schwall überhäuften sie Raffgier mit Belehrungen.

Nach einer Weile hob Olaf die Arme und besänftigte die Kinder: „Einer nach dem anderen. Es versteht niemand ein Wort."

„Ich trete dir gegen dein Schienbein, wenn du nicht damit aufhörst! Dem Leo hab ich es auch gezeigt!", drohte Christian kämpferisch und schaute Raffgier so böse wie möglich mit großen Augen an. Noch nie hatte er jemanden mit so buschigen Augenbrauen gesehen, die auf und nieder tanzten, wenn er sprach.

Raffgier wurde unruhig. Er hatte alles genau geplant und jetzt kamen ihm zu allem Übel auch noch diese Kinder in die Quere. Er wollte endlich wissen, wer ihm ins Geschäft pfuschte. Um diese Kinder konnte sich ein anderer kümmern.

„Wetter, sehen Sie zu, dass die Kinder aus meinem Büro entfernt werden! Ihren Sohn können Sie gleich mitnehmen! Wir haben keine Zeit für solche Gefühlsduseleien!", brüllte er Paul Wetter an.

Schrotte, die Windreps und Fred hatten Olaf und die Kinder am Fahrstuhl neben dem Turmeingang abgesetzt, während Mülli und Oma Traudich in Hexenmanier nach oben am Raffgierturm entlangpirschten, um nach Raffgier Ausschau zu halten.

„Hier ist er! So grimmig, wie der ausschaut, kann das nur Raffgier sein. Dort hinten steht er, neben Jan und seinem Vater. Klappt alles wie am Schnürchen!", rief Mülli Oma Traudich zu, als sie ihn durch ein Fenster entdeckte.

Oma Traudich hatte sich in kürzester Zeit einen rasanten Flugstil zugelegt und hielt abrupt neben Mülli. Sie musste zugeben, Fliegen war inzwischen ihr Element. Zum Glück klammerte sich die fest angeschnallte Hila dicht an Oma Traudich.

Ein Absturz wäre, wie schon so oft heute, trotz Gurt, sonst kaum zu verhindern gewesen.

In diesem Moment hatten die Kinder und Olaf mit Frau Henne Raffgiers Büro betreten.

Die Windsors beobachteten ebenfalls die Szene und umringten ungesehen das gläserne Turmzimmer. Fred landete Flugo auf dem Plateau des Daches. Talko streckte seinen drahtigen Kopf durch die Luke in den leichten Wind, den die Windsors über den Turm bliesen.

„Sind wir schon in Deponien?", fragte Talko entgeistert und starrte in die scheinbar unendliche Ferne. Er kletterte aus der Luke und Fred hinterher.

„Nein, leider nicht, aber es dauert nicht mehr lange, dann werden wir Deponien kennenlernen. Meine Füße britzen, das ist ein gutes Zeichen", meinte Fred mit einem verschmitzten Lächeln.

Talko stolzierte mit seinen langen Stelzen auf dem Dach umher und genoss die grandiose Aussicht auf den endlosen Horizont, während Fred kopfüber herunterhängend die Szene durch das Fenster beobachtete. Wie Saugnäpfe hielten ihn seine Füße an der Regenrinne des Metalldachs. Die Farbe seiner Füße glich den metallenen Dachplatten so sehr, dass kaum ein Unterschied zu erkennen war.

Windolf setzte sich auf ein Wolkensofa unmittelbar vor Raffgiers Bürofenster und betrachtete argwöhnisch die Kinder und Raffgier. Er wartete den richtigen Moment ab. So war es mit allen Windreps abgesprochen. Als Raffgiers Gesicht immer wütender und die Kinder heftig gestikulierend vor ihm standen, gab er das Signal. Ein Fenster zerbarst! Windolf hatte es mit einem Windstoss zerstört.

Tom registrierte „das Zeichen" und zischte Olaf und den anderen zu: „Raus hier! Kommt!"

Auch Jan hörte es und zog seinen Vater rasch, den anderen folgend, in das Vorzimmer von Frau Henne zurück. Olli, der Letzte, schlug schnell die Tür hinter sich zu.

„Jetzt muss er sich aber warm anziehen", stellte Tom mit Genugtuung fest.

Frau Henne starrte nur irritiert von einem zum anderen und tippte nervös auf ihrem Computer herum.

Das jüngste Gericht

Windolf steckte seinen Kopf durch den Fensterrahmen und holte tief Luft. Er saugte alles in sich hinein, was nicht niet- und nagelfest war. Er ließ Raffgier keine Sekunde aus den Augen. Lange würde er sich nicht halten können. Windolf war in seinem Element und nutzte es. Schließlich war er ein Meister der Lüfte.

Zuerst kam ihm allerlei Kleinkram um die zugigen Ohren geflogen. Unmengen von Papier, Büchern, Handys, Laptops sausten durch seinen transparenten Körper davon. Windolf pustete nochmals kräftig aus, um dann mit aller Macht den

Turm leer zu saugen. Er riss zuerst einen Stuhl und eine Lampe heran, anschließend ein Regal von der Wand.

Raffgier, der nichts kapierte und plötzlich allein mitten im Sturm im Turmzimmer stand, klammerte seine riesigen Pranken um den schweren alten Schreibtisch, damit er nicht genauso fortgerissen wurde.

Windolf verstärkte den Sog ein weiteres Mal, bis er rotviolett anlief.

Raffgier packte die Angst. „Was ging hier vor? Wollten meine Gegner mich ausschalten? Mich, den großen Raffgier?"

Diese Kraft, die er nicht sah, zog Raffgier zum Fenster. Raffgier näherte sich rutschend unweigerlich mitsamt dem großen alten Schreibtisch diesem Schlund, der alles in sich hineinsog, ohne dass er es hätte verhindern können. Der Schreibtisch war zu groß und passte nicht durch die Öffnung, aber Raffgiers Hände lösten sich von der Tischplatte. Mit einem ungewollten Satz schleuderte eine unsichtbare Kraft Raffgier durch das Fenster in den blauen Himmel hinauf.

Windolf fing ihn zuerst auf. Nun wurde Raffgier Spielball der Windreps. Auf diesen Moment hatten sie schon lange gewartet. Sie schleuderten ihn hin und her, so dass Raffgier nicht mehr wusste, wo oben und unten war und um Hilfe brüllte. Erst fiel er steil abwärts ins Bodenlose den Häusern entgegen. Immer war einer der Windreps zur Stelle, um Raffgier wieder mit hohem Tempo in den Himmel hinaufzukatapultieren.

Raffgier glaubte, jetzt habe seine letzte Stunde geschlagen. Der Groll der Windreps kannte keine Grenzen. Gnadenlos attackierten sie Raffgier. „Für Ottos Deponie, die du niedergewalzt hast!" – „Für unseren Spielwald, den du hast abholzen lassen!" – „Dafür, dass du die Kinder vertrieben hast!" – „Dafür, dass du die Welt zerstörst!"

Solche und ähnliche Ausrufe drangen Raffgier in scharfem Ton eiskalt in die Ohren, bevor er wieder in den Himmel geschickt wurde. Raffgier rollte sich in seiner Not ein wie ein Igel, starr und stumm vor Angst. Er zog die Beine unter das Kinn und drückte das Gesicht an die Knie. Sein Kopf dröhnte, der Körper schmerzte.

„Ich bin nicht hier und das ist alles nur ein Traum", dachte Raffgier voller Angst. „Aufwachen! Ich will endlich aufwachen!"

Windörte hatte zwischenzeitlich einige Gewitterwolken zusammengetrommelt und herbeigepustet, so dass ein heftiger kalter Regen mit Hagel einsetzte. Für solcherlei Ideen war sie immer zu haben. Wie tausend Nadeln schlugen die Hagelkörner strafend auf ihn ein. Der kalte Regen fuhr ihm in die Glieder und ließ sein Blut fast in den Adern gefrieren. Blitze zuckten heiß und hell an Raffgier vorbei und versengten ihm das Hinterteil. Das Grollen des Donners gab ihm den Rest. Die drohende Stimme des Gewitters ging ihm durch Mark und Bein. Der Albtraum nahm kein Ende.

Raffgier erkannte wütende Augen und Münder, die ihm ihren heißen Atem ins Gesicht bliesen. Sein Körper brannte und fror zugleich. Wenn Mülli nicht irgendwann eingeschritten wäre, denn sie hatte etwas Mitleid mit Raffgier, würde er wohl noch heute durch die Luft wirbeln.

„Es ist genug!" Mülli pfiff und mit einem Mal hörte das Gewitter auf zu toben, die Wolken verschwanden und der Wind ebbte ab.

„Bei uns war jetzt eh die Luft raus", pfiff ein Windsor kichernd durch die Zähne und glitt entspannt an Mülli vorüber.

Raffgier wäre wie ein Stein vom Himmel gefallen, wäre nicht Oma Traudich geistesgegenwärtig mit Hummel einen Schlag schneller herangesaust und hätte Raffgier aufgefangen, der sich im freien Fall befand und um sein Leben jammerte. Der völlig aufgelöste Raffgier hing auf Hummels Reisighinterteil und zitterte am ganzen Leib, als hätte er den Teufel gesehen. Er glaubte, es wären die Abgründe seiner Seele, die ihm den Spiegel vorhalten wollten, um ihn zum Besseren zu bekehren. Raffgier klammerte sich an Oma Traudichs Rockzipfel, der ihm ins Gesicht wehte, als wolle er ihn nie wieder loslassen.

„Du solltest nochmals über deine Giftpolsterpläne nachdenken und mit den Kindern reden, findest du nicht? Und bitte nicht so ziehen, sonst sitze ich gleich unten ohne hier!"

Oma Traudich drehte sich um und betrachtete das Häufchen Elend. Hilflos kauerte er auf Hummel. Wasser tropfte aus seinen Haaren und der Kleidung auf Hummels Plastikblüten, die wie Kelche jeden Tropfen auffingen.

„Bist du mein Gewissen?", fragte Raffgier mit kläglicher Stimme.

„So könnte man sagen. Die Zukunft gehört den Kindern. Du bist gerade dabei, sie zu zerstören. Diese Welt gehört uns nicht, sie ist ein Segen für alle, die hier leben. Gehe pfleglich mit ihr um. Hörst du? Versprich es!" Oma Traudichs Stimme bekam einen drohenden Unterton, der keinen Widerspruch duldete und blickte Raffgier eindringlich an.

„Ich verspreche es. Die Kinder, ja die Kinder, du hast recht. Sie sollen es gut haben. Besser als ich es hatte."

Raffgier schluckte. Er hatte einen Kloß im Hals. Er kannte ihn, diesen Kloß. Sein Kloß, der früher regelmäßig, wie aus dem Nichts den Hals hinaufkroch und da war. Er einsam, seine Eltern meistens wortlos. Sie antworteten einfach nicht, als hätte er nichts gesagt, keinen Laut von sich gegeben oder gar geschrien. Dieser Kloß, der ihm den Atem raubte, er hatte ihn schon lange nicht mehr gespürt. Zuletzt nach dem Streit mit seiner Mutter und die Stille, die für kurze Zeit unterbrochen war. Damals brach Raffgier aus, weil er es nicht mehr aushielt. Er wollte nicht mehr kontrolliert und bevormundet werden. Er wollte nur noch raus aus dieser Welt, wo ihm keiner zuhörte und seine Meinung nicht gefragt war. Er, Raffgier, würde nun kontrollieren. Alle, alle würde er beherrschen. Dafür brauchte er Macht und Geld. Er arbeitete fieberhaft für dieses große Ziel. Gefühle waren da völlig fehl am Platz. Jetzt spürte er diesen alten dumpfen Schmerz wieder. Es tat so weh!

Raffgier flossen heiße Tränen über die Wangen und bildeten eine graue Soße mit dem Wasser, das an ihm herunterlief. Eine schmerzliche Erinnerung.

Wurzeln

Oma Traudich schwebte sanft über die Häuser im Sonnenschein, der nach dem windigblitzigen Wasserspektakel die Luft aufklarte. Der Himmel war wieder strahlend blau und die Sonne wärmend. Raffgier schwieg und dachte über das Leben nach.

„Wir werden einer guten Freundin von mir einen Besuch abstatten. Du hast im Moment sowieso nichts anderes vor, oder?"

Sie wartete Raffgiers Antwort erst gar nicht ab, sondern verließ die Stadt. Hummels Fluggeräusche waren einem Rasenmäher sehr ähnlich und zersägten die Stille der Landschaft, die hinter der Stadt begann. Schon bald war der Raffgierturm nicht mehr zu sehen.

Oma Traudichs Ziel war kein anderes als Babsi Jäger im tiefen Tal. Die Sehnsucht, ihre geliebte Tante wiederzusehen, war auf einmal so stark gewachsen. Im Streit trennten sie sich vor vielen Jahren und haben seitdem kein Wort mehr miteinander gesprochen. Sie fieberte dem Besuch bei Tante Babsi entgegen. Raffgier nahm sie mit, da er jetzt im Turm nur stören würde. Er hatte schließlich genug angerichtet.

Oma Traudich warf einen Blick über ihre rechte Schulter. Raffgier saß, den Kopf wie eine Schildkröte zwischen den Schultern eingezogen, und klammerte seine roten feuchtkalten Finger fest um Hummels Besenstiel. Die zerrissenen Kleider klebten nass an seinem Körper. Seine Schuhe hatte er bei der windigen Aktion anscheinend verloren. Sie sah nur seine zerlöcherten Socken.

„Ich kann mir gar nicht vorstellen, dass er ein Müllpirat sein soll, eher ein gerupftes Huhn", dachte Oma Traudich bei diesem Anblick.

Stunden später, Oma Traudich hielt sich ganz korrekt an Müllis Wegbeschreibung, überquerte sie zerklüftetes Umland.

„Hier irgendwo muss es doch sein. Hohe Bäume ragen aus Babsis Felsspalte heraus", murmelte Oma Traudich in sich hinein.

Plötzlich rupfte etwas an ihrem Rock und zwar ganz gehörig heftig!

„Ha, es funktioniert! Hallo Babsi, ich bin es, deine liebe Nichte!", rief Oma Traudich lachend.

Eine unsichtbare Macht zog an ihrer Rocktasche. In dieser Rocktasche steckte nichts anderes, als ein gerollter Pfannkuchen mit Vanillepudding und Schokostreuseln. Hummel fing an zu strampeln und hüpfte auf und nieder, so dass Raffgier erschrocken noch fester nach Oma Traudich griff.

„Sieh mal einer guck! Da ist es ja!"

Sie steuerte die Felsspalte an, die unmittelbar unter ihr lag und wohin ihr Rock samt Pfannkuchen hinwollte. Schon umkurvte sie die Bäume und Büsche abwärts, die aus der Felsspalte ragten. Sie bewunderte die Vielfalt der grünen Umgebung in diesem Erdriss und spürte ebenfalls die angenehme Wärme und den erdigen Duft, der ihr entgegenströmte.

Schon von Weitem erkannte sie eine gedrungene Gestalt, die auf dem moosigen Boden stand. Ein warmes Licht umgab sie.

„Ich sehe ihr Herz leuchten", dachte Oma Traudich. „Na, Tantchen. Überraschung! Ich bin es nur!", begrüßte Oma Traudich Babsi.

„Duuu?"

„Ja, ich. Mein Pfannkuchen, Hummel und ein Bekannter. Er kam gerade vorbeigeflogen, da habe ich ihn direkt mitgebracht."

„Ha! Du hast mich reingelegt! Du weißt genau, dass Pfannkuchen mit Vanillepudding und Schokostreusel meine absoluten Lieblingspfannkuchen sind!" Babsis Augen funkelten. Ihre Nichte war einfach ein besonderes Mädchen!

„Wer ist denn Hummel und wen hast du mit im Gepäck?"

„Du wirst es nicht glauben, aber Hummel ist mein einzig wahrer Besen. Er fliegt! Und ich fliege mit ihm!"

„Wie kommt's? Du wolltest doch nie! Du störrisches Kind. Mit Engelszungen habe ich damals auf dich eingeredet. Ohne Besen ist alles nur halber Kram!"

„Ja, genau, das hat mich so genervt. Dieses ewige Gequatsche um den Flugdrachen. Ich wollte eben mein eigenes Ding drehen!"

„Ist jetzt auch schnuppe! Wer ist das?"

„Das ist Raffgier!"

„Was? Dieses kümmerliche Häufchen ist Raffgier? Oh, Ihr Ruf ist Ihnen vorausgeeilt, mein Lieber." Mit diesen Worten rückte Babsi bedrohlich nah an Raffgier heran und berührte ihn mit ihrem hervorstehenden Kinn.

Der zog seinen Kopf noch tiefer zwischen die Schultern.

„Ich glaube, er braucht ein bisschen Zeit zum Abhängen und Nachdenken", meinte Oma Traudich.

„Da ist er hier genau richtig. Wir haben viel Zeit! Unendlich viel Zeit!"

„Rund bist du geworden!"

„Ja, was! Und du erst!"

Lachend stieg Oma Traudich von Hummel und umschlang Babsi mit ihren langen Armen. Babsi strahlte über alle Backen und kniff ihr in die Wange.

„Vergessen wir unseren Streit, ja?" Oma Traudich blickte Babsi zögerlich an.

„Aber klar, du widerspenstige Hexe!" Babsi kicherte und zog sie an den Ohren.

„Das kann ich auf den Tod nicht ausstehen, Babsi!", knurrte Oma Traudich vor sich hin.

„Ich weiß, deshalb macht es so viel Spaß, Traudel!"

„Du bist noch ganz die alte, Tante Babs!"

„Ja, und das ist gut so, da weißt du, wo du dran bist, meine Liebe!"

„So, nun genug der Nettigkeiten. Jetzt kommen wir zu dir!"

Oma Traudichs Ton klang ungewohnt tief und weich. Raffgiers Raupenbrauen stellten sich ängstlich abwartend auf, sein Gesichtsausdruck gab ein klägliches Bild ab. Gemeinsam, Arm in Arm, wackelten Babsi und Oma Traudich in Richtung Grotte. Hummel trug Raffgier meckernd hinterher …

Fenster mit Aussicht

Mülli kehrte rasch zu Olaf, den Kindern und den Blechjungs zurück, um nach dem Rechten zu sehen. Nachdem Raffgier seine Lektion bekommen hatte, hingen Fred und Talko wieder in Flugo, der mit geöffneter Klappe noch immer auf dem Turmdach stand.

„Es kann nur am Treibstoff liegen. Da bin ich mir sicher, Talko. Vielleicht hat Schrotte noch eine zündende Idee, wie wir Flugo Feuer unter dem Hintern machen können." Fred ließ nicht locker.

Mülli winkte den beiden zu und kletterte ins Innere des Turms.

„Mensch, Mülli, wo ist Raffgier geblieben? War ziemlich krass die Nummer", meinte Tom und die anderen pflichteten ihm bei.

„Manche Leute verstehen es nicht, wenn man normal mit ihnen redet. Da ist eine besondere Ansage nötig!", hielt Mülli zu den Windreps. Schließlich war Raffgier mit normalen Worten bisher nicht beizukommen. Er hatte jetzt Zeit, um über alles nachzudenken. Oma Traudich würde ihn begleiten. „So, dies wäre erledigt, jetzt müssen wir nur noch den Weg nach Deponien finden."

Müllis rechtes Bein wurde plötzlich durchwärmt. Mit einem Griff in die Blütentasche ihres Rockes fühlte sie den Stein durch den kleinen Beutel. Als sie ihn herauszog, fiel die zerfledderte Seite aus Babsis magischem Zauberbuch auf den Boden. Rasch hob sie sie auf. Die Kinder umringten sie.

„Was ist das?", fragte Fyllie neugierig.

„Diese Seite stammt aus Babsis Zauberbuch. Als hätte dieses Buch all die Jahre auf mich gewartet. Ich konnte auf Anhieb den Text lesen, obwohl ich nie in der Hexenschule war. In Babsis Büchern wird die Welt erklärt. Dort stehen viele Antworten auf unsere Fragen. Sie hat mir davon erzählt. Ich glaube, dieses Blatt hat eine Bedeutung, die entschlüsselt werden will. Für uns, Deponien oder was auch immer", antwortete Mülli mit geheimnisvoller Stimme.

„Zeig mal! – Worte, einfach abgeschnitten, der Strom verschwindet im Nichts, Fenster mit Aussicht, Glück, Inter Stellas! Inter Stellas bedeutet *zwischen den Sternen*!", kombinierte Tom.

Müllis Sternenstein und diese Worte, das war kein Zufall. Zwischen den Sternen, also nicht auf der Erde, da waren sie inzwischen alle einer Meinung.

Der Sternenstein leuchtete erst schwach. Je intensiver das goldene Licht in der Mitte bis in die Zacken strahlte, umso heißer wurde er.

Sie stürmten zum Fenster.

„Irgendwo da oben? Boah!" Christian war ganz aus dem Häuschen. Er blinzelte angestrengt in die Sonne. „Man sieht ja gar nichts", sagte er, nachdem außer blauer Himmelsfarbe und gelbem Sonnenlicht nichts zu erkennen war.

„Ich glaube, ich kann euch helfen", sprach hinter ihnen eine zaghafte Stimme.

Frau Henne kam zur Tür herein und zeigte in den Nachbarraum, der ebenfalls zu Raffgiers Büro gehörte. Sie trappelten neugierig hinter ihr her. Per Knopfdruck glitt eine mit vielerlei Knöpfen, Drähten und Klappen ausgestattete Maschine aus der Wand, deren langes Ende wie eine Rakete an die Decke zeigte. Die Decke öffnete sich mittig und glitt in die Seitenwände, nachdem Frau Henne einen weiteren Schalter an der Tür dafür umlegte. Wie ein Tor zum Himmel. Diese seltsame Maschine reckte sich, wurde noch länger und ein noch längeres Rohr ragte durch die Decke weit über den Turm hinaus.

Zum Glück stand Flugo auf der anderen Seite des Daches. Fred und Talko staunten nicht schlecht über das Verschwinden des Bodens und das riesige Stahlrohr, das an ihnen vorbei nun weit über ihre Köpfe in den Himmel zeigte.

„Herr Raffgier pflegte abends die Sterne im Weltraum zu beobachten. Seine große Leidenschaft neben seiner Arbeit. Vielleicht hilft euch das weiter."

Mülli war sprachlos.

Sollte Raffgier ihnen auf diese Art und Weise womöglich bei der Suche nach Deponien eine Hilfe sein? Tom und Olli traten respektvoll näher und fixierten mit geschultem Blick das hochmoderne Gerät. Olaf hatte von diesen Dingen keine Ahnung. Er nahm Christian an die Hand und näherte sich dem Koloss. Fyllic sprang hinter Mülli auf Flitzpiepe.

„Ein Teleskop. Ein Wahnsinnsteil!", stieß Tom hervor.

Gemeinsam begutachteten die Freunde neugierig das Teleskop. Damit würden sie Deponien bestimmt finden, denn diesem Rohr würde nichts entgehen.

195

„Und? Jungs, könnt ihr schon was durch das Stielauge sehen?", fragte Mülli etwas ungeduldig.

„Ja, schon gefunden!", scherzte Tom zurück.

Wahre Glücksgefühle brodelten in Tom und Olli, als sie dieses Wunderwerk der Technik in Augenschein nahmen.

„Wie es funktioniert, kann euch nur Herr Raffgier selbst sagen. Von diesen Dingen habe ich keine Ahnung", fuhr Frau Henne fort.

„Ach, den brauchen wir nicht. Das finden wir schon selbst heraus!", rief Fred durch die offene Dachluke herunter, während er das Rohr entlangrutschte.

„Er sieht irgendwie verändert aus", dachte Fyllie. Seine Haut schimmerte leicht bläulich, aber vielleicht lag es an der kühlen Luft hier oben am Turm.

Die drei Jungs legten sofort los, indem sie die einzelnen Knöpfe studierten und rätselten, wofür der eine oder andere Schalter gedacht war.

„All diese Geräte sind nach dem gleichen Prinzip aufgebaut. Das kann also nicht so schwer sein, dieses supercoole Ding zum Laufen zu bringen, oder Freunde?" Toms Augen blitzten mit diesen Worten.

„Eben, genau so ist es!", stimmte Fred nicht weniger eifrig zu und krempelte die Hemdsärmel hoch.

Es raschelte, Fyllie starrte auf seinen Arm. Sein Hemd bestand aus feinem gesponnenen Drahtgeflecht. Sie zog die Augenbrauen hoch, sagte aber nichts.

„Hier ist der Schlüssel!"

Frau Henne wollte den Kindern helfen. Der Schlüssel wurde immer in Raffgiers Tresor aufbewahrt. Zum Glück besaß sie einen Ersatzschlüssel.

„Ich glaube, wir haben es gleich gecheckt, wie dieses Superding läuft!", murmelte Tom und schrieb ein paar Erkenntnisse in sein Allwiss zu all den anderen wissenschaftlichen Erfahrungen, die er so im Laufe seines Lebens gemacht hatte.

Fred griff nach dem Schlüssel. Sie waren der Lösung verdammt nah, dies fühlte er in seinen Füßen.

„Hier ist das Zündschloss, Fred." Olli zeigte auf einen kleinen Schlitz an der rechten Seite, dem sie noch keine Beachtung beigemessen hatten.

„Ich glaube, wir können es versuchen, ich bin soweit mit allem durch und du, Olli?"

„Ist okay. Fred, starte die Maschine!"

Gebannt lauschten sie und ein leises Brummen ertönte. Ein Bildschirm leuchtete auf und eine zarte Stimme sprach: „Guten Abend, Herr Raffgier. Hatten Sie einen angenehmen Tag? Wir sind startbereit."

Olaf schaute fragend Paul Wetter an, der erstaunt zu Jan hinübersah. Plötzlich brachen alle in tosendes Gelächter aus. Nein, heute hatte Raffgier sicherlich keinen schönen Tag! Heute erlebte er die schwärzesten Stunden seines Lebens, das hatte er mehr als verdient!

Mülli schoss glucksend mit Fyllie auf Flitzpiepe mit funkender Nase durch das Dach hinaus und schnappte frische Luft, kicherte hexisch, kam aber schnell wieder zurück. Sie wollte schließlich nicht die Entdeckung Deponiens verpassen. Fred, Tom und Olli steckten die Köpfe zusammen und betätigten hier und da einen Schalter, bis auf dem Display plötzlich leuchtende Punkte zum Vorschein kamen, die sie näher heranzoomten.

„Sterne!", rief Fred.

„Aber die haben keine Zacken wie mein Sternenstein." Mülli machte ein enttäuschtes Gesicht.

„Die echten Sterne haben keine Zacken", bemerkte Tom und musterte jede Kleinigkeit auf dem Bildschirm.

„Dort, dort ist so was wie ein Satellit, oder?" Olli zeigte mit dem rechten Zeigefinger auf ein glänzendes eckiges, mit Antennen und einem großen Teller versehenes Gebilde, das sich bewegte und scheinbar an den Sternen vorbeisauste und dann vom Monitor entschwand.

„Ja, du hast recht!"

Fasziniert hockten, standen und drängten alle vor diesem unglaublichen Bild, der Blick in eine andere Welt.

„Jetzt ist es weg!"

Christian suchte den Bildschirm ab. „Da ist es wieder!" Er zeigte auf einen Satelliten, der von links quer durch das Bild flog.

„Gleich stößt er mit dem Stern dort drüben zusammen." Christian drückte erschreckt seine Hände vor die Augen.

„Nein, keine Sorge. Die Sterne sind viel weiter weg. Viele Lichtjahre von uns entfernt. Dies ist eine optische Täuschung, das heißt, es sieht nur so aus. In Wirklichkeit sind diese Sterne, die wir hier sehen, viele Milliarden Kilometer entfernt. Der Satellit nur zwischen 10.000 und etwa 20.000 Kilometer. Er fliegt vor den Sternen und Planeten, die weit dahinter liegen."

„Tom hat recht. Es kommt auch darauf an, für welche Zwecke dieser Satellit eingesetzt wird", vervollständigte Fred Toms Vortrag.

Verblüfft zog Christian die Hände wieder zurück und beobachtete mit großen Augen, wie auch dieser Satellit wieder aus dem Bild glitt.

Inter Stellas!

Akribisch suchte Fred den Himmel ab, konnte aber nichts Auffälliges entdecken.

„Bei Sonnenuntergang reflektieren Satelliten oder Flugzeuge schon mal im Sonnenlicht. Am besten warten wir bis heute Abend ab", warf Olli ein.

„Stimmt. Raffgier ist im Moment sowieso beschäftigt und braucht seinen Turm nicht. Dann können wir auch hierbleiben, oder was meint ihr?", fragte Fred in die Runde.

„Wo ist Oma Traudich? Ich habe sie schon eine ganze Weile nicht gesehen?" Fyllie sah sich suchend um, konnte ihre geliebte Oma aber nirgendwo entdecken.

„Oma Traudich ist mit Raffgier unterwegs zu Babsi Jäger im tiefen Tal. Sie wollte so gerne Babsi besuchen und da Raffgier gerade vom Himmel fiel, hat sie ihn gerettet und gleich mitgenommen", erzählte Mülli.

„Raffgier bekommt heute wirklich das ganze Programm!", stellte Olaf amüsiert fest.

Frau Henne kam herein, sie war nicht wiederzuerkennen. Sie lief barfuß mit offenem Haar und trug eine gemütliche Jogginghose. Vom trippeligen Gang nichts mehr zu sehen, ging sie festen Schrittes mit einem riesigen Tablett in der Hand auf die Kinder zu und lächelte.

„Ah, lecker, Pizza!"

Beherzt griff Christian nach den knusprig dampfenden Stücken und ein großes Stück verschwand in seinem weit aufgerissenen Mund. Sie ließen sich auf der Couch oder dem Fußboden nieder und schmatzten um die Wette.

„Du hast ja gar keine Stöckchenschuhe mehr an, Tante Henne", sprach Christian mit vollem Mund, sodass die Pizza fast herausfiel.

Fyllie verschluckte sich heftig, so sehr musste sie lachen.

„Ja, und die Turmfrisur ist Gott sei Dank auch weg! Jetzt siehst du richtig hübsch aus", prustete Tom hervor.

„Bist auch nicht mehr so bunt wie ein Papagei. Sieht viel besser aus, Frau Henne!", meinte auch Olli.

„Bisher fand ich es schön, aber so fühle ich mich viel wohler", antwortete sie befreit.

Paul Wetter trat neben Olaf. Beide wussten, die Zeit drängte. Olaf hatte Paul in die schlimmen Geschehnisse eingeweiht, die den Deponien ihrer Stadt widerfahren waren. Pauls Bild über die aktuelle Lage war nun messerscharf, wie auch seine Meinung über Raffgier.

Frau Henne eilte in ihr Büro zurück und packte ihre persönlichen Dinge in einen Karton, der in der Ecke stand. Sie wollte keinen Tag länger hier und für diesen Menschen Raffgier arbeiten. Das Maß war voll. Diese mutigen Kinder, Olaf und Paul Wetter, sie hatten wahrlich einen Berg versetzt. Den Ort Deponien kannte sie nicht, hatte noch nie von ihm gehört. Aber es musste etwas dran sein. Und im Übrigen, diese Mülliane und Schrottus, Wesen, an deren Existenz sie nicht zu träumen gewagt hätte, versuchten gemeinsam mit den netten Kindern, die Welt zu retten. Während sie den ganzen Tag diesen Unsinn in ihren Computer getippt, Kaffee gekocht und diesem furchtbaren Raffgier jeden Wunsch von den Augen abgelesen hatte, hatte sie nie ein Wort des Lobes oder Dankes aus Raffgiers Mund gehört. Er hatte durch sie hindurchgeblickt, wie durch eine schlecht geputzte Glasscheibe. Die feinen Pralinen, die sie extra für ihn aus der herrlichen Confiserie an der Ecke kaufte. Sie kannte jede Zutat und schwelgte bei jedem Besuch in diesem feinen Geschäft zwischen den schokoladigen Düften und feinen in Zuckerstaub gewälzten Schokomandelkugeln. Dem Besitzer, Herrn Sahrotty, freute dieser Besuch jedes Mal sehr, hatte er doch in Frau Henne eine begeisterte Zuhörerin und Stammkundin gewonnen.

„Schluss damit! Es reicht!", sagte Frau Henne zu sich selbst. Sie wollte etwas Neues beginnen. „Raffgier hat oftmals den Abendhimmel beobachtet, wenn die Sonne ihr Licht an Flugkörpern widerspiegelt. Man sieht Dinge, die vorher wie unsichtbar am Himmel hingen", erzählte Frau Henne nach ihrer Rückkehr zu den Kindern.

„Das klingt richtig magisch geheimnisvoll", sagte Mülli fasziniert zu Fyllie gewandt.

Fyllie beobachtete wie hypnotisiert den kleinen Bildschirm, während Fred langsam das lange Rohr des Teleskops über den Himmel schweifen ließ. Tom und Olli zoomten die Himmelskörper noch näher heran, nichts sollte ihren geschärften Blicken entgehen. Schon das kleinste Funkeln, Flackern oder ein Schatten könnte ein Hinweis auf ihr Ziel Deponien bedeuten.

Inzwischen stand die Sonne tief am Himmel und die Schatten der Häuser wurden länger. Die Dämmerung würde jeden Moment hereinbrechen. Die Pizza war verschwunden und Oma Traudichs Rucksack lag ebenfalls wieder schlaff auf dem Boden. Mülli brauste mit der nervösen Flitzpiepe um den Turm und hielt ein Auge auf den Horizont, der zunehmend dunkler wurde. Blinkende Lichter wurden sichtbar und durchschnitten den nun fast schwarzen Himmel.

„Es geht los!", brüllte Fred.

Jetzt stürmten auch die anderen heran und umringten Fred, Tom und Olli. Mucksmäuschenstill mit erwartungsvollen Augen starrten sie auf das Teleskop.

Mülli gesellte sich neben Schrotte und Talko. Ihr Kleid knisterte leise, der Sternenstein fiel zu Boden. Er glühte. Die Hitze hatte ein Loch in Müllis Blütentasche gebrannt.

„Au!", schrie sie auf, als sie ihn aufheben wollte.

Leuchtend und funkelnd lag er vor ihnen und erhellte das Turmbüro. Der goldene Strahl aus der Mitte des Sterns traf auf den Bildschirm des Teleskops und bündelte seine Energie. Der Strahl verließ am anderen Ende das Rohr und funkelte bis in die scheinbar unendlichen Weiten des Universums. So erschien es Mülli, den Blechgesellen, den Kindern, auch Olaf, Paul Wetter und Frau Henne. Er traf urplötzlich weit oben im schwärzesten Teil des Orbits auf ein Hindernis, das magisch von diesem Licht angezogen wurde. Wie ein Ort, der ins Rampenlicht rückt und ruft: Hier bin ich, seht ihr mich denn nicht? Hierher!

„Da! Da!" Mehr konnte Fred nicht sagen, so sehr zog ihn diese Entdeckung in den Bann.

„Ja, da!" Talko schloss sich an.

Sie sahen etwas noch nie Dagewesenes. Es war rund, eigentlich unauffällig, wäre es nicht durch das fantastische Leuchten in den Farben des Sternensteins mit einem Schlag sichtbar geworden. Der Sternenstein glühte und zeigte unaufhörlich auf diese wunderbare Erscheinung.

„Zoome es näher heran!", schrie Tom vor Aufregung.

Christian hüpfte aufgeregt von einem Bein auf das andere und klatschte in seine kleinen Hände.

Eine traumhaft, in allen Regenbogenfarben leuchtende Kugel, die ihren sanften Lichtschleier im Orbit verbreitete.

Fasziniert und stumm beobachteten alle Anwesenden diese wundervolle Erscheinung auf dem Bildschirm des Teleskops.

Mülli murmelte: „Worte, einfach abgeschnitten, der Strom verschwindet im Nichts, Fenster mit Aussicht, Glück, Inter Stellas!"

„Das ist es, Mülli!" Schrotte sah freudestrahlend zu seiner Freundin hinüber. Dieser Moment war einzigartig, die Entdeckung Deponiens!

Fyllie war wie erstarrt. So schön dieser Moment auch war, dem Ziel ganz nahe zu sein, so nahte die Stunde des Abschieds. Es würde nicht mehr lange dauern, bis Mülli sie verlassen würde. Sie schluckte die aufkeimende Traurigkeit wie einen großen Bissen, den sie nicht lang genug gekaut hatte, hinunter.

„Nicht anfassen! Der Sternenstein ist schon feuerrot!", warnte Paul die Kinder.

„Er brennt gerade ein Loch in den Teppich!", bemerkte Frau Henne. Aber dies störte niemanden.

„Ich glaube, der große Moment ist gekommen. Der Sternenstein wird uns den Weg weisen!", rief Schrotte mit einem glücklichen Lächeln zu Mülli.

„Ja, wir müssen die Gelegenheit nutzen. So lange der Strahl leuchtet, wird es ein Leichtes sein, nach Deponien zu reisen. Ich glaube, wir können es nicht verfehlen. Wer weiß, ob der Himmel in den nächsten Tagen so klar sein wird und der Sternenstein uns noch einmal den Weg erleuchtet. Vielleicht erfüllte er gerade jetzt seine Aufgabe."

Die Windreps kehrten bestimmt bald zurück und damit auch die Wolken.

„Aber wir haben immer noch ein Problem mit Flugo. Er will einfach nicht freiwillig den Boden verlassen!", teilte Fred Mülli und Schrotte mit.

„Ich glaube, ich habe die Lösung!", schaltete Schrotte sich ein. „Ich bin fest davon überzeugt, dass er schon fliegen will, aber er braucht das richtige Tröpfchen für den Tank."

Mit diesen Worten öffnete Schrotte seinen Bauch und holte sein neues Ölkännchen mit Babsi Jägers Goldsaft hervor. Wie Oma Traudichs Pfannkuchen, war auch das goldene Öl unerschöpflich und somit die Kanne immer wieder gefüllt, wenn Schrotte sie herauszog.

Freds Augen blitzten metallisch. „Kommt, wir füllen Flugos Tank und dann lasst uns starten."

K. L., Talko, Schrotte, die Kinder, einfach alle kletterten durch die Luke im Dach ins Freie und versammelten sich um Flugo. Die kalte Luft kühlte ihre heißen Wangen. Noch nie waren sie ihrem Ziel so nah wie jetzt!

Flugo stand still und unbeteiligt noch immer auf seinem Landeplatz. Fred öffnete den Tankdeckel. Schrotte goss das Öl in einem langen Strahl bedächtig in die schmale Öffnung, um nichts daneben zu tropfen. Kaum war der Tank voll, ging ein Ächzen und Seufzen durch Flugo.

„Hat er gepupst?", wollte Christian wissen.

„Nein, nur ausgeatmet", meinte Fred erwartungsvoll und strich sanft über Flugos Rücken.

Mülli legte den Arm um Fyllie, die ohne Worte den Kopf in Müllis Schulter vergrub.

„Ich werde dich nie vergessen, Mülli!", presste Fyllie leise heraus.

„Wir werden uns bestimmt wiedersehen", flüsterte Mülli zurück. Dabei nahm sie Fyllies Gesicht in ihre Hände und strich sanft über ihre Nase.

Tom und Olli drückten Schrotte, bis die Scharniere ächzten.

„He! Nicht so heftig!" Schrotte versuchte locker und fröhlich zu wirken, doch das misslang. Traurig war auch er, wie alle.

Nach diesen turbulenten Tagen und den vielen Ereignissen, Raffgier erst einmal kaltgestellt zu haben und Deponien vor Augen, erlebten die magischen Freunde die letzten Minuten auf der Erde. Wer hätte das gedacht? Gestern wusste noch niemand, dass sie ihrem Ziel so nahe waren. Heute sollte der Tag des Abschieds sein.

„Lasst uns aufbrechen. Wo ist Fred? Ich will mich auch von ihm verabschieden", fragte Mülli in die Runde. Er war nirgends zu sehen.

Fred streckte den Kopf aus Flugos Einstiegsluke heraus. „Ich bin hier und wäre soweit."

„Was bedeutet das?", fragte Fyllie überrascht.

„Er kommt mit uns!", ließ Talko verlauten. „Er ist jetzt einer von uns!"

„Ja, so ist es. Ich gehe mit meinem besten Freund Talko nach Deponien. Ich bin einer von ihnen." Er zeigte auf Talko. Fred stieg aus und verabschiedete sich von seinen menschlichen Freunden.

Tatsächlich war eine Wandlung in Fred vorgegangen, die schleichend und unauffällig in den vergangenen Tage vollzogen und nun abgeschlossen war. Mülli, Schrotte, Fyllie und Olaf war es nicht entgangen, aber mit dieser Konsequenz rechnete tatsächlich niemand. Fred würde die Erde verlassen.

Seine Haut glänzte ähnlich der von Schrotte, dank Babsis Goldsaft. Tatsächlich hatte er sich mit diesem Öl eingerieben. Der metallische tiefblaue Glanz seiner Augen, die drahtigen Haare, die jetzt wie erstarrt, gelockt vom Kopf abstanden. Sie schimmerten bläulich wie seine Haut, Schrottes edlem Schimmer sehr nah. Er trug ein feingliedriges Kettenhemd, dem eines Ritters irgendwie ähnlich, aber von heute eben. Genauso stolz und kraftvoll stand er nun vor ihnen.

Mülli lächelte. Talko war sein Verbündeter. Die Bindung wirkte so stark, dass Fred die körperlichen Eigenschaften der Metallmänner in sich vereinte. Umgekehrt nahm Talko menschliche Züge an. Er fühlte mit seinem Freund Freude und Leid. Schrotte weinte ölige Tränen, auch dies ein Zeichen von Menschlichkeit. Das überraschte Mülli nicht.

Olaf und Paul Wetter klappten sprachlos die Kinnladen herunter. Alle lagen sich in den Armen, den menschlichen und den eisernen. Tränen flossen und Glückwünsche hallten durch die Nacht.

„Passt gut auf euch auf!"

„Fliegt vorsichtig!"

„Kommt nicht vom Weg ab! Viel Glück!"

„Wir sehen uns ganz bestimmt wieder, müllisches Ehrenwort!"

Tom, Olli, Christian, Onkel Olaf, Jan und Paul Wetter bildeten eine mit den Händen verbundene Freundschaftskette.

Abschied

Talko, K. L. und Döschen kletterten in Flugo auf ihre Plätze und winkten heftig durch die Sichtfenster ihren Freunden zu. Bis zuletzt stand Mülli bei Fyllie, die ihre liebste Freundin nicht mehr loslassen wollte.

„Komm, eine letzte Runde auf Flitzpiepe?" Mülli packte Fyllie am Arm.

Sie sprang reflexartig auf Flitzpiepe und sauste mit Mülli in den Sternenhimmel.

„Kommst du mich mal besuchen?", brüllte Fyllie in Müllis Ohr.

„Ja klar! Ich muss doch ab und zu mal nachsehen, was hier so los ist. Raffgier werde ich auf die Finger gucken müssen, ob er auch schön anständig wird. Aber nach Oma Traudichs Ausflug zu Babsi Jäger im tiefen Tal habe ich eigentlich keine Zweifel daran."

„Ich würde gerne bei Oma Traudich wohnen. Mama hat so etwas mal gesagt. Ob ich mir vorstellen könnte, mit ihr nach Hebbersblechle zu ziehen. Olaf wollte sich um Christian kümmern, wenn ich nicht da bin. Dann ist Christian auch nicht allein", erzählte Fyllie.

„Grüße Oma Traudich von mir. Sag ihr, ich komme wieder."

„Ja, mache ich." Fyllies Stimme bebte. Das letzte Mal strichen ihr Müllis Flodderhaare durch das Gesicht. Das Knistern ihres Blütenrockes klang wie Lebensmusik in ihren Ohren. Fyllie schloss die Augen, um dieses vertraute Gefühl für immer in ihr Herz einzuschließen.

Mülli und Fyllie standen selbstverständlich auf Flitzpiepe, wie es sich für pfiffige Hexen gehörte. Das Licht reflektierte auf Müllis Blütenrock und brachte ihn zum Glitzern. Die feinen Lichtreflexe trafen auf Fyllie und wärmten sie. Mülli zwinkerte ihr aufmunternd zu. Müllis blitzige Nase, helllila, sprühte feine Funken in die Dunkelheit. Ein Funke traf Fyllies Nase und verblieb dort. Er glimmte, ohne dass es Fyllie aufgefallen wäre und verband sich mit ihr für immer.

Mülli setzte zum doppelten Looping an, dies hatte sie mit Fyllie noch nie getan. Dann zogen sie gemeinsam ihre Kurven in der sternenhellen Nacht.

„Bevor ich es vergesse, du bist jetzt soweit. Du brauchst einen Besen. Oma Traudich wird dir helfen, wenn du sie darauf ansprichst!"

„Meinst du wirklich? Wie cool ist das denn!" Fyllie wäre am liebsten vor Freude in die Luft gesprungen, aber sie blieb lieber die letzten Minuten bei Mülli auf Flitzpiepe.

„Wir müssen zurück, die anderen warten schon!"

Flitzpiepe bremste scharf nach Müllis Worten, die kleine Hexenschar zwischen den Floddern motzte, aber Flitzpiepe störte es diesmal nicht und kehrte zum Raffgierturm zurück.

Flugos Motor brummte inzwischen tief und voller Energie, nicht mehr so klapprig und schwach wie zuvor. Fred hatte vielleicht wirklich des Rätsels Lösung gefunden. Döschen hing gerade aus einem Fenster und tröstete Christian, der einfach nur heulte, indem er ihn immer wieder fest an seinen Blechbauch drückte. Christian mochte es gar nicht, wenn jemand ging, den er so gern hatte wie Döschen.

„Wir sehen uns bestimmt wieder", versuchte Döschen Christian zu beruhigen.

Tom und Olli schauten Schrotte mit wässrigen Augen an.

„Graf Schrottus von und aus Deponien, mein Lieber!" Zu mehr war Tom nicht in der Lage und drückte seinen Schrotte fest an seine Brust.

„Hey, endlich spricht mich jemand mit meinem richtigen Namen an!" Schrotte versuchte locker zu bleiben, aber es schmerzte über seinem geheimen Ölfach. Öl tropfte aus seinem linken Auge und hinterließ einen Fleck auf Toms Schulter.

„Ich glaube, meine Ölkanne steht irgendwie schief!", meinte Schrotte entschuldigend. „Tolle Jungs! Ich werde euch auch vermissen", dachte er.

„Immer schön polieren!", presste Tom hervor und drückte Schrottes Hand dermaßen, dass sie fast verbog. „Wir sehen uns!"

Tom ließ Schrotte los, damit auch Olli Schrotte richtig verabschieden konnte. Olaf, Paul und Jan Wetter standen vor dieser Szene und hielten immer noch ihre Hände fest, als würden sie sonst umfallen.

So traurig Fyllie, Christian, Tom und Olli auch waren, sie wussten, ihr Platz war auf der Erde. Sie konnten ihren magischen Freunden nicht nach Deponien folgen. Jemand musste schließlich Raffgier in Schach halten. Die Arbeit fing gerade erst an!

Sorglos spielten sie noch vor wenigen Wochen in jeder freien Minute auf Olafs Schrottplatz und keiner von ihnen machte sich ernsthaft Gedanken über die Welt und den Lauf der Dinge. Eigentlich waren die Großen dafür zuständig. Dies hatte sich grundlegend geändert. Sie, die Kinder, mussten die Welt schützen und bewahren vor den Raffgiers, die an jeder Ecke lauern konnten, sonst würde es niemand tun.

Mülli drückte Fyllie so fest sie nur konnte und schob ihr unauffällig die abgerissene Seite aus Babsis magischem Zauberbuch in die Jackentasche.

Guten Flug

Müllis Nase funkte, Flitzpiepe ließ einen Schwall Seifenblasen über das Dach hinweg auf die anderen Dächer der Stadt tanzen. Müllis kleine Hexenschar wuselte schnatternd in Flitzpiepes Flodderfrisur herum. Das regte Flitzpiepe dermaßen auf, dass sie erneut noch viel mehr Seifenblasen ausspuckte.

„Gemach, gemach", versuchte Mülli ihre Hexenmädels zu beschwichtigen.

„Alle, die nach Deponien wollen, jetzt bitte einsteigen! Es ist die letzte Gelegenheit. Wir starten in wenigen Minuten!", rief Fred aus dem Cockpit nach draußen.

Flugos Propeller drehte sich so schnell, Tom befürchtete, dass er in seine Einzelteile zerspringen könnte.

„Nein, nein, alles in Ordnung, das ist Schrottes Goldsaft! Ich wusste es!" Freds metallisch schimmernde Hand griff durch die Luke nach draußen und strich sanft über Flugos Außenhaut.

Unentwegt leuchtete der Sternenstein durch Raffgiers Teleskop und hielt sein Ziel, einen Ort in weiter Ferne, im Fokus. Er teilte die eingebrochene Dunkelheit mit seinem gleißenden Licht.

Ob es ein Stern war, ein Planet?

Tom und die anderen konnten es nicht erkennen. Wie groß die Entfernung tatsächlich war, ließ sich nur vermuten. Der

Himmel war nun schwarzblau und von den Sternen in dieser klaren Nacht erhellt.

Nachdem Mülli, Schrotte, K. L., Döschen, Talko und Fred an Bord waren und alle vor den bullaugenförmigen Fenstern hockten, gab Fred Vollgas. Die Maschinen dröhnten, der Propeller drehte sich so geschwind, sodass die Rotorblätter nicht mehr zu sehen waren. Flugo knarrte und quietschte. Er stand auf Raffgiers Turmdach, nur wenige Meter vom Sternenstrahl entfernt. Plötzlich hob er mit Leichtigkeit vom Boden ab und steuerte auf den Sternenstrahl zu.

Windolf rekelte gerade seinen luftigen Körper auf seiner wolkigen Couch im Luftschloss, als er den Sternenstrahl am Himmel entdeckte. Er verputzte den letzten von fünf Windbeuteln, die Windörte luftig wie immer gezaubert hatte, als urplötzlich in weiter Ferne ein goldgelber Strahl auftauchte, der den Himmel in ein warmes Licht tauchte.

„Da, sieh mal einer, schau daher!", schmatzte er zwischen den letzten Bissen hindurch.

„Was ist? Schmecken sie dir heute nicht?" Fasziniert begutachtete Windörte ihr neues Sommerkleid. Ein herrlicher Blumengarten hatte ihr seine schönsten Sonnenblumen geschenkt, die sie nun an die richtigen Stellen setzte, um das schönste Windfräulein weit und breit zu werden.

„Das, was ich sehe, ist zehnmal besser, als Sonnenblumen und Windbeutel zusammen! Dieser Spot in den Himmel kommt aus dem Raffgierturm, scheint mir! Los, komm mit! Das sehe ich mir aus der Nähe an."

Windolf raste in Windeseile an Windörte vorbei und wirbelte alle Sonnenblumen durcheinander. Windörte murrte über Windolfs Tollpatschigkeit, folgte ihm aber geschwind.

Gemeinsam fegten sie in die Stadt, die Straßen entlang, an hohen Gebäuden empor, über deren Dächer hinweg in Richtung des hellen Lichts.

Hui! – da wehte Windolf mit Windörte um den Turm hinauf bis zum gleißenden Sternenstrahl. Kilometerweit war dieses ungewöhnliche Flutlicht zu sehen. Windolf und Windörte zog es magisch zu diesem ungewöhnlichen Schauspiel des Himmels, wo sie doch jeden Blitz und Donner kannten, sowie jede Böe und Flaute.

„Wie ich richtig vermutet habe. Dort aus dem Dach des Raffgierturms schießt es heraus. So etwas habe ich noch nie gesehen. Du, Windörte?"

Windörte schüttelte den Kopf und schwebte auf den Strahl zu. Sie berührte ihn mit ihrer transparenten Hand.

„Oh, wie schön. Das kitzelt." Windörte lachte und setzte einen Fuß auf den Strahl. Sofort glitt sie in den Himmel hinauf. „Hui! Das Ding ist ganz schön fix!" Sie sprang schnell ab.

Fred auf seinem Pilotensitz versuchte, Flugo gerade in den Himmel zu schicken.

Windörte landete schnaufend neben ihrem Bruder und vergaß für einen Moment, dass sie ein zartes Windfräulein war.

„Mensch, einfach supercool dieser Strahl! Das geht ab wie Schmitz Katze!"

Mülli murmelte etwas Unverständliches und schüttelte Flitzpiepe. Ihre Hexchen purzelten nacheinander heraus.

„Los, Hexenmädels, packt mal mit an!"

Müllis Hexchen schlüpften durch die kleine Flugodachluke und schoben sein mächtiges rundes Hinterteil nach oben so fest sie nur konnten.

Windolf sauste um den Turm herum, packte Flugo am Kragen und versetzte ihm einen kräftigen Hieb mit einer Windböe, die er glücklicherweise bei sich trug. Davon konnte man nie genug bei sich haben.

Flugo machte klappernd einen Satz nach vorne und landete genau auf dem Strahl, der in Richtung Sterne trieb. Flugo heulte auf, als wollte er sagen: „Das kann ich jetzt auch ohne euch!" Und – ja, er stieg wie mit einem Aufzug in die Höhe und entfernte sich am Strahl entlang, wie auf einer Straße über die Köpfe von Fyllie, Christian, Tom, Olli, Jan, Onkel Olaf und Paul Wetter hinweg.

„Da, seht! Sie fliegen, sie fliegen!", jubelten sie.

Gleich sind sie fort, Fyllie presste die Lippen zusammen.

Mülli winkte ihr aufmunternd zu. Sie teilte Fyllies Traurigkeit. „Wir sehen uns bestimmt wieder", dachte Mülli.

Fred hielt Kurs, aber dies war eigentlich nicht nötig, da Flugo vom Strahl des magischen Sternensteins zu seinem Bestimmungsort gezogen wurde. Talko stand dicht neben seinem Freund Fred und behielt die Motoranzeige im Auge. Flugos Motor surrte jetzt wie ein Uhrwerk und stieg kontinuierlich in den Himmel auf.

K. L., Schrotte und Döschen saßen auf ihren Plätzen und warteten auf ihren Einsatz. Die Hexenmädels flitzten in Flitzpiepes Flodderhaare zurück und machten erst einmal Pause.

Mülli lobte sie. „Mädels, auf euch ist Verlass. Ich bin stolz auf euch!" Sie waren eben ein eingespieltes Team. Einfach nur Nerven behalten, dann klappte das schon.

Volksfest

Was die Kinder nicht bemerkten, war der Menschenauflauf, der den Raffgierturm bereits umlagerte.

Alles, was Beine hatte, lief auf die Straße, stand am Fenster oder kletterte direkt auf das Hausdach und starrte zum Himmel hinauf! Kein Raffgier oder einer seiner Handlanger, die heute Befehle oder Aufträge erteilten. Sämtliche Fabriken standen still, schon den ganzen Tag. Die Lkws kehrten nach stundenlanger Wartezeit vor den Raffgiertoren in ihre Heimatorte zurück oder ließen sie einfach vor den Toren stehen, denn niemand wusste, wohin mit den Müllcontainern.

Pförtner Lemmen hing schließlich ein Schild vor die Tür. Darauf stand: „Wegen Betriebsferien geschlossen!" Achselzuckend schaute er in verständnislose Gesichter: „Befehl von ganz oben!", rechtfertigte er sich und schlüpfte eilig zurück in sein Eingangshäuschen, denn hier fühlte er sich sicher.

Malte, ein Lkw-Fahrer, der von Anfang an bei Raffgier gedient hatte, meinte: „So wat, nee! So wat han' isch noch nie jehabt!" Er wartete mit den anderen, vergebens. Das Tor blieb verschlossen. Malte fuhr als Letzter. Irgendwie dachte er, er sei es Raffgier schuldig, noch zu warten.

Papa Flechma war froh. „Zum Glück jetzt schon Betriebsferien. Ha, ab nach Hause und mit Elke und den Kindern Urlaub machen!"

Raffgier war wie vom Erdboden verschluckt; niemand im Raffgierturm erreichbar. Nachdem das erste Chaos überwunden war, erschien nun dieser wundersame Strahl, der bis in den Weltraum reichte. Eine echte Attraktion! Der Schein war noch über die Stadtgrenzen hinaus bis in Babsis Felsspalte zu sehen.

Ingolf, der gerade an seine Traudel (Oma Traudich) dachte, sah ihn, als er aus der Garage herausging.

„Oh, Traudel, da bist du ja in etwas reingeraten", sprach er zu sich. Ihm war klar, dass Traudel bestimmt etwas damit zu tun hatte.

Otto, der Deponiebesitzer, Onkel Olafs Nachbar, fegte gerade den verwaisten Schrottplatz, als er das Licht erblickte. Er kehrte regelmäßig hierher zurück, um nach dem Rechten zu sehen. Bisher waren Raffgiers Leute nicht mehr aufgetaucht, zum Glück! Olafs Schrottplatz blieb zum Glück unversehrt. Hoffentlich ging es allen gut. Er hatte heute noch nichts von Olaf gehört. Aber dieser helle Schein war vielleicht ein Zeichen.

„Ach, du alter Kerl! Jetzt wirst du auch noch abergläubisch!", schimpfte er mit sich selbst und fegte weiter.

In der Stadt, in der Raffgiers Turm stand und alle Leute glaubten, ein Wunder wäre geschehen, als sie diesen herrlich leuchtenden Strahl bemerkten, verbreitete sich auf einmal gute Laune. So ein spektakuläres Bild am Himmel.

„Ist es nicht wunderschön?", rief Frau Neugier, die einfach mitten auf der Straße anhielt und aus ihrem Sportflitzer ausstieg.

„Echt cool!", rief der 15-jährige Domrep, als er mit seinen Jungs die Straße kontrollierte.

Aus allen Ecken kamen Leute herbeigeströmt.

Papa Flechma kletterte mit Elke und den Kindern aus der Fensterluke ihres Daches hinaus und setzte sich zwischen die beiden Schornsteine auf die Dachziegel, um ganz nah am Geschehen zu sein.

„Du, Papa?", fragte Olli Flechma, der jüngste der drei Kinder, „du, Papa, der Onkel Raffe ist heute ziemlich lieb, oder?"

„Ja, wenn man ihn nicht sieht und er nichts sagt, ist das heute wohl so!", antwortete Papa Flechma und erinnerte sich an den zuletzt abgelehnten Antrag auf Gehaltserhöhung.

„Karl, was ist das für eine Antwort! Was soll Olli denn jetzt von deinem Chef denken? Ich finde, das ist eine tolle Idee, zuerst allen zusätzlich zwei Wochen Urlaub zu gönnen und uns ein so schönes Lichtspiel zu präsentieren. Ich glaube, er hat gemerkt, dass er Fehler gemacht hat. Oder, Karl?" Frau Flechma sah ihren Mann auffordernd an, sein Bild über Raffgier vor seinen Kindern geradezurücken.

„Ja, ja, wahrscheinlich hast du recht", brummte Karl Flechma etwas widerwillig.

Der alte Pjotr zog sein Gotschi heraus, um einen Schnappschuss für seine Enkel festzuhalten. Der Strahl war jedoch so hell, dass später auf den Fotos nichts als helles Licht zu sehen sein würde.

Sammy holte Getränke für seine Gäste, die wie die Heuschrecken in sein Restaurant eingefallen waren, um dem Spektakel bei einem guten Essen auf seiner Dachterrasse zu folgen. Das war schließlich besser als Kino. Und so spontan. Keine Ankündigung, nichts hatte davon in der Zeitung gestanden.

Sahrottys Konditorei wurde regelrecht gestürmt, nachdem für einige klar war: Hier bleiben wir und Hunger haben wir auch! Die frisch gebackenen Kuchen für den nächsten Tag fanden reißenden Absatz. Lachend und schwatzend lagerten Domrep und seine Kumpels auf dem Bürgersteig vor Herrn Sahrottys Geschäft und konnten den Blick kaum vom Himmel abwenden. Einige der Besucher gammelten schon den ganzen Tag hier herum, da auch sie zuerst vor Raffgiers verschlossenen Toren standen und kurzerhand einen Ausflug in die Stadt unternahmen.

Luigi, der Pizzataxifahrer, der einsehen musste, dass hier und heute kein Durchkommen war vor lauter Menschen, rief die Straße herunter: „Frische Pizza zum halben Preis!"

Kaum ausgesprochen, umringten ihn Frau Neugier, Pjotr und Domreps Meute, die in Partylaune lachend vor seinem Auto auftauchten.

„Ich hätte doch besser *doppelter* Preis sagen sollen", ärgerte er sich, denn innerhalb weniger Minuten war sein Pizzataxi ausverkauft.

Sämtliche Autos blieben in den Zufahrtsstraßen in Richtung Raffgierturm hängen und verstopften die Straßen. Nichts ging mehr, aber es störte niemanden wirklich und wenn, dann war es eben nicht zu ändern. Aus allen Seitenstraßen strömten immer mehr Menschen herbei, um die Quelle des Lichts zu finden.

„Dort! Dort oben! Das Licht kommt aus dem Raffgierturm!", rief Sheikko, der das Licht schon quer durch die Stadt verfolgte und nun am Raffgierturm eintraf.

Frau Henne beobachtete aus ihrem Bürofenster die Scharen von Menschen, die aus allen Winkeln herbeiströmten. Sie stellte noch rechtzeitig den Fahrstuhl ab, denn hier war unmöglich Platz für all die Neugierigen.

Von dem Aufruhr am Raffgierturm und in den anliegenden Straßen bemerkten die Kinder, die magischen Wesen und die Erwachsenen nichts. Viel zu sehr waren sie damit beschäftigt, Flugo an den Start zu bringen.

Doch plötzlich tauchte ein Hubschrauber auf und umkreiste den Raffgierturm. Er kam näher, so dass die Rotorblätter Flugo fast berührten.

Mülli erkannte die beiden Männer zuerst. Der eine war Nobby, einer von den Handlangern, die bei Frau Dr. Krummedink im Museum gearbeitet hatten.

„Was wollen die denn hier? Der andere ist ... Oh Gott! Das ist der neugierige Schmierblatt von der Burgauzeitung! Wie hat er sie nur finden können? Der lässt nicht locker."

Ja, Schmierblatt! Er witterte eine große Story. Er hatte es sich nicht verzeihen können, die alte Krummedink gerettet, aber dafür das sensationelle Foto verpasst zu haben. Das wäre sein Durchbruch gewesen. Vom kleinen Schmierblattschreiber zum gefragten Reporter. Vielleicht hätte er sogar ein Angebot von „Der Uhrzeit" bekommen, ein sehr anspruchsvolles und namhaftes Blatt in dieser Region.

Seit des unheimlichen Ereignisses im Burgaumuseum war es immer wieder zu seltsamen Vorkommnissen gekommen. Seine Kollegen hatten immer mal wieder über mysteriöse Dinge in der örtlichen Presse berichtet. Dieser Spur folgte Schmierblatt, bis er Raffgiers Stadt erreichte. Als er am Horizont den goldgelben Strahl entdeckte, witterte er seine Chance. Nobby hatte er immer im Schlepptau, da er viele Leute kannte, die anderen für Geld Gefälligkeiten erledigten. Auf diese Weise schleuste er sich und Nobby in den Raffgierflughafen ein und ergatterte einen Hubschrauber, nachdem Nobby seinen druckfeuchten Pilotenschein aus Pjotres Hobbykeller vorlegte. Schmierblatt versicherte der Flughafenkontrolle sehr glaubhaft, dass er an einer Reportage über ganz ausgewählte Flughäfen schrieb und Raffgiers Flughafen die optimalen Voraussetzungen dafür mitbrächte.

„Ja, unser Standort ist schon etwas ganz Besonderes!"

Herr Lenkering, der Chef des Kontrollzentrums, hatte angebissen, er fühlte sich sehr gebauchpinselt.

„Selbstverständlich werden wir Sie und Ihre Führungskräfte ebenfalls mit einem Foto in den Mittelpunkt des Artikels setzen. Die Leser sind schließlich daran interessiert zu erfahren, wer hier diese hervorragende Arbeit leistet."

Schmierblatt schmeichelte Herrn Lenkering so sehr, da konnte er diesem verlockenden Angebot nicht widerstehen. Bereitwillig überließ Herr Lenkering Schmierblatt einen Hubschrauber, der mit Nobby sofort losgeflogen war. „Das wäre geschafft. Mit dem Artikel …", hatte Schmierblatt überlegt und hämisch in sich hinein gegrinst – na ja, er würde sich später an dieses Gespräch einfach nicht mehr erinnern. Schließlich hatte es nur unter vier Augen stattgefunden. Das gesprochene Wort somit verraucht und entschwunden …

Jetzt hatte er sie im Visier! Endlich! Diese außerirdischen Gestalten in diesem ballonähnlichen Flugobjekt. Dort! Jetzt war er ganz nah dran! Darin sitzen ja noch mehr von den Freaks, stellte Schmierblatt überrascht fest.

„Sind das Fledermäuse, die dort hin- und herfliegen? Die Story wird ja immer besser", dachte Schmierblatt und glubschte mit seinem rechten Auge in seine digitale Schmierblattkamera.

Die zu fotografierenden Objekte ließen sich noch näher heranzoomen, als bei einer gewöhnlichen Kamera. Zum Glück hatte er die Superkamera seines Schmierblattkollegen ausgeliehen.

Doch diesmal machte Nobby ihm einen Strich durch die Rechnung. „Ah, was ist das!", brüllte er voller Angst. Er erkannte Mülli und Schrotte. Sie winkten herüber. Diese lebenden Blechdinger! „Außerirdische! Hilfe, die nehmen uns mit, bloß weg hier!"

Als hätte er den Teufel gesehen, ging Nobby mit den Zähnen klappernd abrupt in den Sinkflug über und wollte abdrehen.

„Nein, bist du des Wahnsinns, das ist *die* Story, Mann! Draufhalten! Das Bild ist noch nicht im Kasten!"

Schmierblatt griff nach Nobbys Steuerrad und wollte es herumreißen, doch zu spät! Der Hubschrauber trudelte bereits und der Motor stotterte irritiert. Sie stritten hitzköpfig, rauf oder runter, hin oder einfach nur weg! Mit aller Macht hantierte Schmierblatt am Steuerrad und brüllte auf Nobby ein, der sich heftig wehrte. Domrep und seine Kumpels starrten fasziniert auf den zweifachen Looping, den Nobby gemeinsam mit Schmierblatt hinlegte.

Sammys Gäste applaudierten dazu. War dies ein herrliches Programm! Jetzt auch noch eine Flugshow! Und so echt! Fast wäre der Hubschrauber vom Himmel gefallen und in eine von Raffgiers Fabriken gestürzt! Meine Güte, das war knapp!

Erst hielten alle die Luft an und dann ging ein erleichtertes Raunen durch die Menge, nachdem der Hubschrauber nach einem spektakulären Fastabsturz wieder steil in den Himmel schoss. Wie hießen nur diese fantastischen Flugkünstler?

Im letzten Moment riss Nobby den Steuerknüppel mit aller Kraft herum und fing die Maschine ab, die beinahe schon den Boden berührte. Aber eben nur beinahe. Grandios!

In Sammys Restaurant sprangen die Gäste begeistert auf und klatschten in die Hände: „Ein Applaus für Raffgier! Das hätte ich dem steifen Kerl gar nicht zugetraut!"

„Eine tolle Show!"

„Und schon Ferien! Prima!"

Die Menschen prosteten sich glücklich zu und die Kinder bekamen von Sammy eine Portion Eis extra. Raffgier, der knallharte Unternehmer, zeigte Herz. Er hatte etwas Fantastisches getan. Er schenkte seinen Angestellten zusätzliche Ferien und feierte mit ihnen zu Beginn ein großes Fest!

Diese Nachricht ging wie ein Lauffeuer durch die Nacht und erreichte jeden, der auf einem Dach, Balkon saß oder auf der Straße herumlief. So setzte Sammy alle Bestellungen auf eine große Rechnung, die er mit Herrn Sahrotty gemeinsam am nächsten Tag bei Raffgier einreichen würde. So war es abgemacht!

Hexe Mülliane und Schrotte beobachteten den Hubschrauber, Schrotte mit gemischten Gefühlen. Er erkannte die beiden Insassen sofort. Mülli ebenso, aber sie kullerte lachend auf ihrem Flugsessel herum, als sie das Flugspektakel beobachtete. Die Kinder staunten ebenfalls nicht schlecht über Nobbys und Schmierblatts Flugkünste. Sie wussten instinktiv, dass Schmierblatt und der andere finstere Typ die Letzten sein würden, die Flugo aufhalten konnten. Manche Menschen kapierten es einfach nicht, das Richtige zu tun. Diesmal erledigte sich das Problem mit dem geifernden Schmierblatt sogar von selbst, ohne ihr Zutun.

Unbeirrt setzte Flugo seine Reise fort.

Als er mit dem bloßen Auge nicht mehr zu erkennen war, stürmten die Kinder, Onkel Olaf und Paul Wetter eilig in Raffgiers Turmbüro, zurück zum Teleskop hinunter. Eng saßen sie beieinander und behielten Flugo auf dem Display im Auge, als würde er sonst herunterfallen.

„Da sind sie! Da, da!" Christian patschte mit seiner Hand auf den kleinen Bildschirm.

Onkel Olaf legte beruhigend seine Hand auf Christians Schulter.

Flugo war schnell, richtig schnell, dies hätte gestern noch niemand für möglich gehalten. Das größte Problem hatte sich praktisch in Luft aufgelöst.

„Kommt Zeit, kommt Rat! Man darf halt nicht aufgeben", dachte Fyllie und griemelte. Sie freute sich darüber, dass Mülli und Schrotte ihrer Heimat so nahe waren.

Deponien?

„Ich glaube, ich werde wieder flugkrank!", jammerte K. L. leise.

Schrotte warf einen Blick zurück auf die Erde, zuerst verschwand der Turm, Schmierblatt und Nobby, dann die Stadt, die Umrisse der Landstriche, die sie kannten.

Je näher sie Deponien kamen, umso klarer wurden die wahren Ausmaße der Erde.

„Sie ist rund, wie Tom es mir damals erklärte!", rief Mülli im Bann dieses Anblicks den anderen zu. Diese Pracht! Sie schwieg, um diese Herrlichkeit der Welt zu erfassen.

„Überall anders. Braun, dort blau und weiß!" Döschen zeigte auf einen großen dunklen Fleck.

„Die Welt ist wunderschön, gerade aus dieser Perspektive. So kunterbunt. Kaum zu glauben, dass es Mächte gibt, die sie zerstören wollen, wie Raffgier es fast getan hat", philosophierte Fred.

„Das schaffen die nicht!", entgegnete Schrotte.

„Wie, das schaffen die nicht?", wollte Fred wissen und sah Schrotte fragend an.

„Die Erde weiß sich zu helfen. Die Kinder dieser Welt tragen das Gefühl für Gerechtigkeit und das Gute in sich", meinte Talko. „Die schaffen das! Mit den richtigen Freunden an der Seite sowieso, oder?" Talko boxte Fred auf den Brustkorb.

Es schepperte metallisch und das Kettenhemd klimperte.

„Oh, habe ich dir wehgetan?" Talko grinste (sc)helmisch.

Fred lachte und boxte zurück. „Nein, ich habe nur eine Delle!" Er war jetzt einer von ihnen, da gab es keinen Zweifel.

Schrotte schenkte ihm eine Silberbüchse mit eigenem Öl. „Du wirst es für vielerlei Dinge brauchen können. Du wirst sehen."

Fred freute sich auf sein neues Leben mit seinen Freunden.

Den größten Teil der Strecke hatten sie bereits zurückgelegt. Sie konnten das Ende des Strahls nur schemenhaft erkennen, die Distanz zum Ziel war noch zu groß. Die Lichtbrücke veränderte hinter ihnen die Farbe.

Was würde sie am anderen Ende des Strahls erwarten? Es gab kein Zurück mehr! Gab es noch mehr Deponier?

All diese Fragen schwirrten ihnen im Kopf herum. Sie würden es bald erfahren.

Mit Glücksgefühlen und Schmetterlingen im Bauch sahen sie erwartungsvoll ihrer Zukunft entgegen.

Deponien ist das Ziel und dann ... Wie geht es weiter?
Gerne könnt ihr eure Gedanken und Gefühle Mülli und Schrotte mitteilen. Bitte nutzt dafür das Kontaktformular oder Hexe Müllis Gästebuch auf meiner Internetseite

www.claudias-bücherstern.de

Herzlichst
Eure
Claudia Satory-Jansen

Anhang

Pfannkuchenrezept von Oma Traudich

Zutaten Grundrezept:
5 Eier und ein Eigelb zusätzlich
450 gr. weißes Mehl, 50 gr. Haferflocken *oder*
250 gr. weißes Mehl, 200 Vollkornmehl, 50 gr. Haferflocken
ca. 50 gr. Butter *oder* 50 ml Sonnenblumenöl
0,5 l Milch *oder* 0,3 l Milch und 0,2 l Wasser
2 gestrichene Teelöffel Backpulver
1 Prise Salz
Der Teig sollte dickflüssig sein.
Tipp: Eier, Zucker, Butter oder Öl zuerst mixen, bis die Masse ganz cremig ist, dann erst die weiteren Zutaten hinzufügen!

Pfannkuchen süß
für den Teig zusätzlich:
2 Vanillezucker
2 geriebene Äpfel mit Schale (ohne Gehäuse)
2 Esslöffel Zucker
1 gute Prise Zimt
auf den gebackenen Pfannkuchen Puderzucker streuen und dazu Johannisbeermarmelade reichen! Sehr lecker!

Pfannkuchen salzig

für den Teig zusätzlich:

Kräuter (Schnittlauch, Zwiebeln, Petersilie oder je nach Kräutergarten auch andere)

auf den Pfannkuchen Salami oder Schinkenspeck und/oder Käse streuen und mitbacken,

dazu Salat oder Rohkost reichen!

Tipp: Den Schinkenspeck vorher in der Pfanne anbraten, herausnehmen und in dieser Pfanne den Pfannkuchen backen und den Schinkenspeck dann mit Pfannkuchen mitbacken.

Einfach grandios!

Der Fantasie in der Beigabe von Zutaten zum Belegen und Backen sind keine Grenzen gesetzt: Schokolade, Honig, frische Beeren, Schlagsahne ... *oder* Tomaten, Paprika, Geschnetzeltes und, und ...

Erlaubt ist alles, was schmeckt. Ein mit Liebe gebackener Pfannkuchen schmeckt nochmal so gut!

Bitte denkt daran, wenn ihr noch jünger seid, dieses Rezept nur unter Aufsicht eines Erwachsenen zu backen!

Eure Oma Traudich

Die Autorin

Claudia Satory-Jansen ist in einem schwäbischen Dorf und später im Ruhrgebiet aufgewachsen. Nach ihrer Bankausbildung zog sie nach Köln und absolvierte ein Abendstudium. In einer Großbank lernte sie ihren Mann kennen, der sie wieder auf das Land entführte, in die raue schöne Eifel an den Rursee. Nach der Geburt ihrer Tochter widmete sie sich Kindern und entdeckte für sich die Kinderliteratur, die sie zunächst nur vorlas, bevor sie selbst anfing zu schreiben. Sie hat noch viele Ideen im Kopf, die sie zu Papier bringen möchte.

Die Illustratorin

Rebekka Brodanac (geb. Pauken) wurde 1994 in Mayen/Eifel geboren und lebt mit ihrem Mann und der gemeinsamen Tochter heute im Westerwald.

Schon als Kind malte sie leidenschaftlich gerne.

Zurzeit macht sie eine Ausbildung zur Bürosachbearbeiterin und widmet sich in ihrer Freizeit der Malerei und der Illustration von Büchern.

Weitere Bücher der Autorin im Rosamontis Verlag: